CW01510905

Mauricio

Aban

LO QUE OCULTA
NUESTRA AMISTAD

LIBRO 6

wattpad

by Montena

This is a work of fiction. Similarities to real people, places, or events are entirely coincidental.

LO QUE OCULTA NUESTRA AMISTAD

First edition. August 14, 2024.

Copyright © 2024 Mauricio Aban.

Written by Mauricio Aban.

A pesar de los momentos buenos que me hicieron sonreír de verdad, hoy cada uno de nosotros vive su vida separado, y solo me queda el recuerdo efímero de aquellos días felices.

Mauricio Aban

A veces debemos aceptar que nada volverá a ser igual, y aprender a encontrar paz en los nuevos caminos que se abren ante nosotros.

Mauricio Aban

Prólogo: Cuatro personas

Me llamo Fernando. Soy un joven como cualquier otro, con sueños, miedos y una búsqueda incesante de significado en esta vida. Sin embargo, hoy estoy al borde de una decisión desesperada. Antes de dar ese paso final, he decidido dejar este cuaderno. Aquí, he plasmado los mejores momentos que compartí con mis cuatro amigas: Mara, Mina, Emily y Cassie. Este cuaderno será mi legado, el último vínculo con aquellos que iluminaron mi existencia.

Cuando conocí a Mara, me di cuenta de que había encontrado a alguien que veía el mundo con la misma intensidad que yo. Sus ojos siempre tenían un brillo especial, como si cada día fuera una aventura esperando a ser descubierta. Mina, en cambio, tenía una calma serena que contrastaba con mi turbulencia interna. Su risa suave era un bálsamo que me hacía olvidar las preocupaciones por un rato.

Emily era el torbellino de energía del grupo. Nunca había un momento aburrido con ella cerca; su entusiasmo era contagioso y siempre sabía cómo arrancarme una sonrisa. Cassie, la última en unirse a nuestro círculo, aportaba una perspectiva única y una

profundidad emocional que me hacía reflexionar sobre mis propias experiencias de vida.

Este cuaderno no es solo un recordatorio de los momentos felices que compartimos. Es un testimonio de cómo, a pesar de la oscuridad que me rodea, encontré luz en la amistad de estas cuatro mujeres extraordinarias. Escribo estas palabras con la esperanza de que algún día, cuando ellas las lean, comprendan cuánto significaron para mí y cómo sus presencias iluminaron mis días más oscuros.

Aunque la vida me haya llevado a este punto de no retorno, quiero que sepan que en cada risa compartida, en cada conversación profunda y en cada silencio cómodo, encontré un poco de paz. Este cuaderno es mi manera de aferrarme a esos momentos, mi último suspiro de gratitud antes de dejar todo atrás.

Así que, aquí empieza mi relato. Es un viaje a través de recuerdos que atesoro, fragmentos de felicidad que llevo en el corazón. Acompáñenme en este recorrido, y tal vez, juntos, podamos encontrar un poco de sentido en este caos.

Capítulo 1: El Cuaderno

Me senté en el borde de la cama, el cuaderno de tapas duras y marrones descansaba en mis manos. Las páginas en blanco parecían susurrarme, invitándome a llenar ese vacío con las palabras que aún no había pronunciado. Tomé un profundo respiro y abrí el cuaderno, decidido a dejar en él los recuerdos más preciados que tenía con mis amigas: Mara, Mina, Emily y Cassie.

Mientras mi mente viajaba a aquellos días felices, mis manos comenzaron a escribir.

Era una tarde de primavera cuando nos conocimos todos por primera vez. El parque central estaba lleno de vida, los niños corrían, las parejas paseaban de la mano, y las flores recién florecidas impregnaban el aire con su fragancia. Estaba sentado en un banco, inmerso en uno de mis libros favoritos, cuando escuché una risa contagiosa.

Levanté la vista y vi a Mara, con su cabello rizado y su sonrisa deslumbrante. Estaba acompañada por Mina, cuya presencia siempre emanaba una tranquilidad reconfortante. Emily, con su energía inagotable, y

Cassie, con su mirada profunda y reflexiva, completaban el grupo.

—¡Hola! —dijo Mara, acercándose con un brillo en los ojos—. ¿Qué estás leyendo?

—"Cien años de soledad" —respondí, mostrando la portada.

—¡Ah, Gabriel García Márquez! —exclamó Cassie, acercándose—. Es uno de mis autores favoritos.

Ese fue el comienzo de nuestra amistad. Desde entonces, el parque se convirtió en nuestro punto de encuentro. Cada sábado nos reuníamos allí, compartiendo historias, risas y momentos que ahora guardo con tanto cariño.

Mientras escribía, recordé una tarde en particular que nunca olvidaré.

Era un sábado nublado, y el parque estaba casi vacío. Mara llegó primero, como siempre, seguida de Mina, Emily y Cassie.

—Hoy tengo una sorpresa para ustedes —dijo Emily, sacando una caja de su mochila.

—¿Qué es? —preguntó Mina, curiosa.

—¡Un kit para volar cometas! —exclamó Emily con entusiasmo—. Pensé que sería divertido.

Pasamos la tarde construyendo y decorando nuestras cometas. Cassie, con su talento artístico, dibujó un hermoso paisaje en la suya. Mara optó por colores brillantes y patrones abstractos, mientras que Mina dibujó un mandala intrincado. Yo, siguiendo mi estilo minimalista, solo pinté la mía de azul.

—¡Vamos a probarlas! —dijo Emily, corriendo hacia el campo abierto.

Uno a uno, lanzamos nuestras cometas al aire. Las risas y los gritos de emoción llenaron el espacio mientras nuestras cometas danzaban en el viento. Fue un momento de pura alegría, una pausa en el tiempo donde nada más importaba.

—¡Mira la mía! —gritó Mara, señalando su cometa que volaba más alto que todas.

—¡Es increíble! —respondió Cassie, sus ojos brillando con admiración.

Pasamos horas así, hasta que el sol comenzó a esconderse detrás de las nubes. Recogimos nuestras cosas y nos sentamos en el banco, cansados pero felices.

—Hoy fue un buen día —dijo Mina, rompiendo el silencio.

—Sí, lo fue —respondí, sintiendo una calidez en el corazón que no había sentido en mucho tiempo.

Esa noche, después de despedirnos, me di cuenta de cuánto significaban esos momentos para mí. En un mundo que a menudo parecía oscuro y sin sentido, mis amigas eran la luz que iluminaba mi camino.

Volví a la realidad y miré las páginas llenas de recuerdos. Sentí una mezcla de tristeza y gratitud. Sabía que, aunque estaba al borde de una decisión desesperada, estos recuerdos eran mi ancla, mi conexión con una vida que alguna vez tuvo momentos de felicidad genuina.

El sonido del teléfono interrumpió mis pensamientos. Era Emily.

—¿Fernando? —su voz sonaba preocupada—. Hace días que no sé de ti. ¿Estás bien?

—Estoy... sobreviviendo —respondí, tratando de sonar convincente.

—Nos preocupas, Fer —dijo, utilizando el apodo cariñoso que solo ella usaba—. ¿Por qué no vienes al parque mañana? Sería bueno verte.

—Lo intentaré —respondí, sin comprometerme.

Después de colgar, sentí una punzada de culpa. Sabía que estaban preocupadas, pero no quería arrastrarlas a mi oscuridad. Decidí que, antes de tomar cualquier decisión, terminaría este cuaderno. Ellas merecían saber cuánto significaron para mí.

Otro recuerdo me vino a la mente. Fue un día de otoño, las hojas caían de los árboles creando una alfombra de colores cálidos. Nos encontrábamos en el parque, disfrutando de un picnic improvisado. Mara había traído su guitarra.

—¡Canta algo, Mara! —pidió Emily.

Mara sonrió y comenzó a tocar una melodía suave. Su voz llenó el aire, y por un momento, todo parecía perfecto.

—Eres increíble, Mara —dije, admirando su talento.

—Gracias, Fer —respondió, sus mejillas enrojeciendo ligeramente.

Mientras terminaba de escribir ese recuerdo, sentí una lágrima correr por mi mejilla. Estos momentos eran más que simples eventos; eran la prueba de que, a pesar de todo, había experimentado la verdadera amistad y la alegría.

Cerré el cuaderno, decidido a seguir escribiendo en los próximos días. Sabía que aún tenía mucho por contar, y aunque el futuro me parecía incierto, quería asegurarme de que, al menos, este cuaderno contara mi historia y la de mis amigas.

Al mirar por la ventana, vi cómo el sol comenzaba a ponerse. Me sentí un poco más ligero, como si al plasmar mis recuerdos en el papel, parte del peso que llevaba dentro se hubiera aliviado.

Mañana, tal vez, iré al parque. No sé cuánto tiempo me queda, pero quiero aprovechar cada momento que me queda con ellas.

Así, con el cuaderno en mis manos y un pequeño rayo de esperanza en el corazón, me preparé para enfrentar un nuevo día.

Capítulo 2: Conociendo a Mara

El sol de la tarde se colaba por la ventana de mi habitación, proyectando sombras danzantes en el suelo. El cuaderno descansaba abierto sobre mi escritorio, y con cada línea que escribía, los recuerdos volvían a la vida con una claridad dolorosa y reconfortante al mismo tiempo.

Conocí a Mara una tarde de verano, justo después de mudarme al nuevo vecindario. Vivía en el apartamento de enfrente, y nuestros caminos se cruzaron por primera vez de una manera bastante casual.

Estaba desempaquetando cajas en el pasillo cuando escuché una voz alegre y enérgica.

—¡Hola, nuevo vecino! —dijo una joven con una gran sonrisa y una melena de rizos desordenados.

—Hola —respondí, algo sorprendido por su entusiasmo—. Soy Fernando.

—Yo soy Mara. Bienvenido al edificio. Si necesitas algo, no dudes en llamarme. Estoy en el 4B.

—Gracias, Mara. Es bueno conocer a alguien amigable.

Pasaron unas semanas antes de que volviera a ver a Mara. Estaba luchando por abrir la puerta de mi apartamento con las manos llenas de bolsas del supermercado cuando ella apareció nuevamente.

—¿Necesitas ayuda? —ofreció, ya tomando algunas bolsas antes de que pudiera responder.

—Gracias, en serio. No me di cuenta de cuánto había comprado —dije, sonriendo torpemente.

—No te preocupes. A mí también me pasa. Además, así aprovecho para conocerte mejor. ¿Te gusta el café? Tengo una cafetera que hace el mejor espresso del mundo —dijo, guiñando un ojo.

—Claro, me encantaría un café.

Entramos en mi apartamento y empezamos a desempacar las bolsas. Mara comenzó a hacer café mientras yo organizaba la comida. Fue el comienzo de una rutina que se convertiría en una tradición.

Nos sentamos en la pequeña mesa de la cocina, con tazas humeantes entre las manos.

—Entonces, Fernando, ¿a qué te dedicas? —preguntó Mara, con genuina curiosidad.

—Estoy trabajando como diseñador gráfico freelance. Es un poco solitario a veces, pero me gusta la libertad que me da.

—¡Eso suena genial! Yo trabajo en una librería. Amo los libros y el ambiente tranquilo, pero también tengo un montón de sueños locos. Un día quiero viajar por el mundo, visitar cada rincón y conocer diferentes culturas.

—Eso suena increíble, Mara. Siempre he querido ir a Islandia, ver las auroras boreales.

—¡Las auroras boreales! —exclamó ella, con los ojos brillando—. Siempre he querido verlas también. Quizás algún día podamos ir juntos.

Con el tiempo, Mara y yo empezamos a compartir más de nuestros intereses y sueños. Solíamos pasear por el parque cercano y hablar durante horas sobre todo y nada. Ella me mostró su amor por la música y el arte, y yo le enseñé algunos trucos de diseño gráfico.

Un día, mientras caminábamos por el parque, Mara se detuvo repentinamente y miró hacia el cielo.

—Mira esas nubes, Fernando. ¿No te parecen increíbles? —dijo, señalando unas nubes que se desplazaban lentamente.

—Sí, lo son. Siempre he pensado que las nubes son como lienzos en blanco, cambiando constantemente.

—Eso es hermoso —respondió, sonriendo—. Me gusta cómo ves el mundo.

Seguimos caminando y hablamos sobre todo tipo de cosas, desde libros y películas hasta nuestras esperanzas y miedos más profundos. Mara tenía una forma especial de hacerme sentir cómodo y entendido. Nunca me había sentido tan conectado con alguien en tan poco tiempo.

Recuerdo una noche en particular cuando todo cambió para mí. Estábamos en mi apartamento, escuchando música y hablando como de costumbre. Mara se levantó y comenzó a bailar al ritmo de una canción suave y melancólica.

—¿Bailas? —preguntó, extendiendo una mano hacia mí.

—No soy muy bueno bailando —dije, riendo nerviosamente.

—No importa. Solo siéntelo —respondió, con una sonrisa que derritió mis inseguridades.

Tomé su mano y comenzamos a movernos lentamente por la sala. Sentí una conexión profunda, algo que iba más allá de las palabras. Cuando la canción terminó, Mara se quedó mirándome, sus ojos reflejando una mezcla de alegría y vulnerabilidad.

—Fernando, hay algo que quiero decirte —dijo, bajando la mirada brevemente antes de volver a encontrar mis ojos—. No sé cómo explicarlo, pero siento que nos hemos conocido desde siempre. Nunca he tenido un amigo como tú.

—Yo siento lo mismo, Mara. Has traído luz a mi vida en un momento en que todo parecía tan oscuro.

Nos abrazamos, y en ese momento supe que nuestra amistad era algo verdaderamente especial. No se trataba solo de compartir intereses o pasar tiempo juntos; se trataba de una conexión profunda, una comprensión mutua que iba más allá de lo superficial.

A partir de esa noche, Mara y yo empezamos a pasar aún más tiempo juntos. Descubrimos nuevos lugares en la ciudad, fuimos a conciertos y exposiciones de arte, y

seguimos compartiendo nuestros sueños. Ella me inspiraba a ser mejor, a seguir adelante incluso cuando todo parecía perdido.

Recuerdo claramente el día en que decidimos aprender a tocar la guitarra juntos. Mara ya sabía tocar un poco, pero yo era un completo novato. Compramos una guitarra barata y pasamos horas practicando en su apartamento.

—No te preocupes por las notas equivocadas —decía Mara, riendo cuando yo fallaba—. La música se trata de sentir, no de ser perfecto.

—Fácil para ti decirlo, tú eres natural en esto —respondí, riendo también.

—Todos empezamos en algún lugar. Además, lo importante es que lo estamos haciendo juntos.

Esos momentos, esos pequeños fragmentos de felicidad y conexión, se convirtieron en la base de nuestra amistad. Mara no solo era mi amiga; era mi confidente, mi compañera en los días buenos y malos, y una de las pocas personas que realmente entendía mi lucha interna.

Mientras escribía estos recuerdos, sentí una mezcla de nostalgia y gratitud. Mara había sido una luz en mi vida, una presencia constante que me había ayudado a encontrar un poco de paz en medio del caos. A medida que llenaba las páginas con nuestras historias, me di cuenta de cuánto significaba para mí y cuánto había influido en mi vida.

Cerré el cuaderno por un momento y miré por la ventana, viendo cómo el sol comenzaba a ponerse. Sabía que aún tenía muchas historias que contar, muchos recuerdos que compartir. Pero por ahora, estaba agradecido por haber conocido a Mara y por todo lo que habíamos vivido juntos. Ella era, sin duda, una de las mejores cosas que me había pasado, y este cuaderno sería el testimonio de esa hermosa amistad.

Capítulo 3: Mina, la Aventurera

Sentado en mi escritorio, con el cuaderno abierto frente a mí, comencé a recordar cómo conocí a Mina y cómo nuestra amistad floreció en el último año de secundaria. Mina siempre había sido una persona diferente, alguien que vivía la vida con una pasión y un espíritu aventurero que resultaban contagiosos. Sus ojos siempre brillaban con la promesa de una nueva aventura, y yo me sentí afortunado de ser parte de ese viaje.

Nos conocimos el primer día del último año de secundaria. Estaba nervioso, como siempre me sentía en situaciones nuevas, y me dirigía a la cafetería, buscando un lugar donde sentarme. La vi en una mesa en la esquina, sola, absorta en un libro. Decidí acercarme.

—Hola, ¿puedo sentarme aquí? —pregunté, señalando la silla vacía frente a ella.

Ella levantó la vista y me dedicó una sonrisa cálida.

—Claro, si no te molesta que lea mientras comemos.

—No, para nada. ¿Qué estás leyendo?

—"La insoportable levedad del ser" de Milan Kundera —respondió, mostrando la portada—. Es uno de mis favoritos.

—He oído hablar de él, pero nunca lo he leído. ¿Es bueno?

—Es fascinante. Trata sobre la existencia, el amor y la libertad. Te lo recomiendo.

A partir de ese día, empezamos a sentarnos juntos en la cafetería. Compartimos nuestras aficiones, nuestras ideas sobre la vida y nuestras esperanzas para el futuro. Mina tenía un espíritu libre y siempre hablaba de los lugares que quería visitar y las cosas que quería hacer.

—¿Qué es lo que más te gustaría hacer después de graduarte? —le pregunté un día, mientras caminábamos por el patio de la escuela.

—Quiero viajar. Ir a lugares exóticos, aprender sobre diferentes culturas, y simplemente vivir la vida al máximo. ¿Y tú?

—No estoy seguro. A veces pienso que quiero ser diseñador gráfico, pero otras veces solo quiero encontrar un lugar donde me sienta en paz.

—Eso suena increíble, Fer. No importa lo que decidas hacer, estoy segura de que encontrarás tu camino.

Nuestra amistad creció con cada día que pasaba. Mina me enseñó a ser más audaz, a no tener miedo de explorar y a valorar la libertad de la adolescencia. Solíamos escaparnos de clases para explorar la ciudad, encontrar rincones ocultos y vivir pequeñas aventuras.

Recuerdo una tarde en particular, cuando decidimos saltarnos las últimas clases y fuimos a un parque que estaba a unos kilómetros de la escuela. Era un lugar tranquilo, con un lago en el centro y senderos rodeados de árboles.

—Este lugar es increíble —dije, mirando el lago—. No sabía que existía.

—Es uno de mis lugares favoritos. Vengo aquí cuando necesito pensar o simplemente escapar por un rato.

Nos sentamos en la orilla del lago, observando cómo el sol comenzaba a ponerse.

—¿Alguna vez te has preguntado cómo será el futuro? —preguntó Mina, rompiendo el silencio.

—Todo el tiempo. A veces me asusta pensar en lo que vendrá, pero otras veces me emociona.

—A mí también me pasa lo mismo. Pero creo que, mientras tengamos amigos con quienes compartir nuestras aventuras, todo estará bien.

Nos quedamos allí hasta que oscureció, hablando sobre nuestros sueños y miedos. Mina siempre tenía una forma de hacerme sentir comprendido y menos solo en mis pensamientos.

Unos meses antes de la graduación, decidimos hacer una escapada de fin de semana a la playa. Fue una de las experiencias más liberadoras de mi vida. Alquilamos un pequeño bungalow cerca del mar y pasamos el fin de semana explorando, nadando y disfrutando de la libertad que solo la adolescencia puede ofrecer.

—¡Mira ese amanecer! —exclamó Mina la primera mañana, mientras nos sentábamos en la arena, viendo cómo el sol se levantaba sobre el horizonte.

—Es hermoso —respondí, sintiendo una paz que rara vez experimentaba.

—Este es el tipo de momentos que quiero recordar para siempre —dijo ella, tomando una foto con su cámara—. No se trata solo de los grandes eventos, sino de los pequeños momentos de felicidad y libertad.

Pasamos el día nadando en el mar, explorando las rocas y simplemente disfrutando de la compañía del otro. Esa noche, nos sentamos alrededor de una fogata, hablando sobre el futuro y las cosas que queríamos lograr.

—Siempre he querido aprender a bucear —dijo Mina, mirando las estrellas—. Imagínate explorar el mundo bajo el agua, ver toda esa vida marina. Debe ser increíble.

—Eso suena asombroso. Tal vez algún día podamos hacerlo juntos.

—Sería genial, Fer. Prométeme que no perderemos contacto después de la graduación.

—Te lo prometo, Mina. Siempre seremos amigos, sin importar a dónde nos lleve la vida.

La graduación llegó y, como todo en la vida, trajo consigo cambios. Mina y yo nos fuimos a diferentes universidades, pero mantuvimos nuestra promesa de

seguir en contacto. Nuestras vidas tomaron caminos distintos, pero siempre nos asegurábamos de encontrar tiempo para nuestras aventuras.

Recuerdo una vez que Mina me llamó, emocionada.

—¡Fernando! —dijo con entusiasmo—. ¡Conseguí un trabajo en un proyecto de conservación marina! ¡Voy a aprender a bucear!

—¡Eso es increíble, Mina! Estoy tan feliz por ti. Sabía que lo lograrías.

—Gracias, Fer. No podría haberlo hecho sin tu apoyo. ¿Cuándo vienes a visitarme para que podamos bucear juntos?

—Pronto, lo prometo. No me perdería esa aventura por nada del mundo.

Mientras escribía sobre Mina en mi cuaderno, sentí una mezcla de nostalgia y gratitud. Ella había sido una gran influencia en mi vida, enseñándome a ser valiente y a valorar las pequeñas cosas. Mina, con su espíritu aventurero y su amor por la vida, me había mostrado que el mundo estaba lleno de posibilidades, si solo tenía el valor de salir y explorarlas.

Cerrar el cuaderno esa noche fue más difícil que de costumbre. Pensar en Mina y nuestras aventuras me recordó que, a pesar de todo, había experimentado momentos de verdadera felicidad y libertad. Ella me había dado el regalo de la aventura, y por eso siempre estaría agradecido.

Con un último vistazo a las palabras escritas, me preparé para descansar, sabiendo que tenía aún muchas historias que contar. Mina siempre será una parte importante de mi vida, y espero que, donde quiera que esté, siga viviendo sus sueños y explorando el mundo con la misma pasión y valentía que siempre ha tenido.

Capítulo 4: La Presencia de Emily

El cuaderno descansaba abierto sobre mi escritorio, las páginas llenas de recuerdos que habían moldeado mi vida. Al escribir sobre Mina y Mara, no pude evitar pensar en Emily. Aunque no éramos tan cercanos como lo éramos con las demás, los momentos que compartimos siempre fueron significativos y dejaron una huella profunda en mí.

Conocí a Emily en segundo año de secundaria. Ella era nueva en la escuela, y su llegada no pasó desapercibida. Emily tenía una energía contagiosa y un entusiasmo por la vida que rápidamente atrajo a muchas personas a su alrededor.

La primera vez que hablamos fue en la clase de biología. Nuestro profesor nos asignó como compañeros de laboratorio para un proyecto.

—Hola, soy Emily —dijo, extendiendo su mano con una sonrisa radiante.

—Fernando —respondí, estrechando su mano—. ¿Listos para diseccionar una rana?

—Absolutamente. ¡Esto va a ser divertido!

Emily tenía una forma de hacer que incluso las tareas más desagradables parecieran emocionantes. Mientras trabajábamos en el proyecto, descubrí que compartíamos un interés común por la música.

—¿Te gusta el rock clásico? —preguntó, sorprendida—. ¡Es genial! La mayoría de mis amigos piensan que es aburrido.

—Sí, me encanta. Mi banda favorita es Led Zeppelin —respondí.

—¡Led Zeppelin! Tienen algunas de las mejores canciones de todos los tiempos. Deberíamos escuchar música juntos algún día.

A partir de ese día, Emily y yo comenzamos a compartir nuestras listas de reproducción y hablar sobre nuestras bandas favoritas. Aunque no éramos los mejores amigos, siempre encontraba su compañía refrescante y su energía, inspiradora.

Un día, después de clase, Emily me invitó a una fiesta en su casa.

—Vamos, Fernando. Será divertido. Además, quiero que conozcas a algunos de mis amigos.

—No sé, Emily. No soy muy bueno en las fiestas.

—¡Eso es una tontería! Ven, prometo que te divertirás.

Acepté su invitación y fui a su casa esa noche. La fiesta estaba en pleno apogeo cuando llegué, con música a todo volumen y gente bailando por todos lados. Emily me recibió con su característica sonrisa.

—¡Fernando! Me alegra que hayas venido. Ven, quiero presentarte a algunas personas.

Me llevó a un grupo de amigos suyos y, aunque me sentía un poco fuera de lugar al principio, su entusiasmo era contagioso. Pasamos la noche riendo, bailando y hablando de todo, desde música hasta nuestros planes para el futuro.

—Gracias por invitarme, Emily —le dije mientras nos despedíamos—. Realmente me divertí.

—Sabía que lo harías. Eres un buen amigo, Fernando. Me alegra que hayamos podido compartir este momento.

A lo largo de los años, Emily y yo tuvimos varios
momentos como ese. Recuerdo claramente una tarde
de primavera cuando decidimos saltarnos las clases y
caminar por la ciudad. Fue una de esas decisiones
espontáneas que a Emily le encantaban.

—Vamos, Fernando. La escuela siempre estará ahí,
pero este día es perfecto para una aventura.

Caminamos por las calles del centro, explorando
tiendas de discos y librerías, y terminamos en un
pequeño café. Mientras tomábamos un café y
mirábamos pasar a la gente, Emily comenzó a hablar
sobre sus sueños.

—Siempre he querido viajar por el mundo, Fernando.
Visitar lugares exóticos, aprender nuevos idiomas,
conocer gente diferente. ¿Tienes algún sueño así?

—Sí, me gustaría ver las auroras boreales en Islandia.
Siempre he querido experimentar algo tan majestuoso
y hermoso.

—Eso suena increíble. Deberíamos ir juntos algún día.

Nos quedamos en el café hasta que el sol comenzó a
ponerse, hablando sobre nuestros sueños y esperanzas.
Aunque no éramos los mejores amigos, esos momentos

siempre me recordaban lo especial que era nuestra conexión.

Emily también estuvo ahí en algunos de mis momentos más difíciles. Recuerdo una vez, poco antes de los exámenes finales, cuando me sentía completamente abrumado por la presión y el estrés. Estaba sentado solo en la biblioteca, rodeado de libros y apuntes, cuando Emily apareció.

—¿Estás bien, Fernando? —preguntó, con preocupación en su voz.

—No realmente. Estoy agobiado por todo esto. Siento que no puedo manejarlo.

—Oye, todos pasamos por momentos difíciles. Pero tú eres más fuerte de lo que piensas. ¿Por qué no tomamos un descanso y salimos a caminar?

Dudé al principio, pero su insistencia y apoyo me convencieron. Salimos a caminar por el campus, y mientras lo hacíamos, Emily me animó a hablar sobre lo que me preocupaba. Su presencia fue reconfortante, y al final de nuestra caminata, me sentí mucho más tranquilo y capaz de enfrentar mis desafíos.

—Gracias, Emily. Necesitaba esto.

—No hay de qué. Los amigos están para eso, ¿no?

A medida que el tiempo pasó y nos graduamos de la secundaria, Emily y yo tomamos caminos diferentes. Ella se fue a estudiar al extranjero, cumpliendo su sueño de viajar y explorar el mundo. Aun así, siempre nos manteníamos en contacto, compartiendo nuestras experiencias y apoyándonos mutuamente desde la distancia.

Recuerdo una noche, años después de la graduación, cuando recibí una llamada de Emily desde Tailandia.

—¡Fernando! —dijo con entusiasmo—. ¡Estoy en un templo budista en Chiang Mai! Esto es increíble. Tienes que venir a visitarme algún día.

—¡Emily! Eso suena asombroso. Me alegra tanto que estés viviendo tus sueños.

—Y tú, ¿cómo estás? ¿Sigues persiguiendo tus sueños?

—Lo intento. Estoy trabajando como diseñador gráfico freelance y tratando de encontrar mi camino.

—Eres increíble, Fernando. Nunca dejes de soñar.

Esos momentos con Emily, aunque esporádicos y a veces breves, siempre dejaron una marca en mí. Su espíritu libre y su capacidad para encontrar alegría en cada situación me inspiraron a ser más valiente y a valorar las pequeñas cosas de la vida.

Al escribir sobre Emily en mi cuaderno, sentí una mezcla de nostalgia y gratitud. Aunque nuestra amistad no fue tan profunda o constante como las demás, los momentos que compartimos fueron significativos y llenos de cariño. Emily había sido una presencia brillante en mi vida, y sus palabras y acciones me habían ayudado a ver el mundo con una perspectiva más positiva.

Cerré el cuaderno y me recosté en mi silla, recordando todas las veces que Emily había estado allí para iluminar mis días. Su amistad, aunque intermitente, siempre había sido una fuente de alegría y consuelo para mí.

Con un último vistazo al cuaderno, supe que había muchas más historias que contar. Emily siempre sería una parte importante de mi vida, y espero que, donde quiera que esté, siga viviendo sus sueños con la misma pasión y entusiasmo que siempre ha tenido.

Capítulo 5: Cassie, la Confidente

El cuaderno reposaba sobre mi escritorio, cada página escrita llenándome de una mezcla de nostalgia y gratitud. Ahora, era el turno de escribir sobre Cassie, mi mejor amiga y confidente. Cassie había sido mi roca, mi apoyo constante, la persona a quien podía confiarle mis secretos más profundos y mis sueños más ambiciosos.

Conocí a Cassie en el primer año de secundaria. Era nueva en la escuela, al igual que yo, y nos sentaron juntos en la clase de matemáticas. Recuerdo cómo nos ayudábamos mutuamente con los problemas, y cómo su risa ligera y contagiosa iluminaba la sala.

—Hola, soy Fernando —le dije, aliviado de tener a alguien amigable a mi lado.

—Yo soy Cassie. ¿Qué te parece esta clase hasta ahora? —respondió con una sonrisa tímida.

—Bueno, no soy el mayor fanático de las matemáticas, pero contigo aquí podría ser soportable —respondí, tratando de romper el hielo.

Ella se rió y desde ese momento supe que habíamos conectado. Cassie tenía una forma especial de hacer que todo pareciera menos complicado, y su presencia siempre me daba tranquilidad.

Con el tiempo, nuestra amistad creció. Pasábamos horas hablando después de clase, compartiendo nuestras preocupaciones y aspiraciones. Una tarde, mientras caminábamos por el parque, Cassie me confesó uno de sus sueños más grandes.

—Siempre he querido ser escritora —dijo, mirando al cielo—. Quiero escribir historias que toquen el corazón de las personas y las hagan sentir algo.

—Eso suena increíble, Cassie. Estoy seguro de que serás una escritora maravillosa. Tienes un don para expresar tus pensamientos.

—Gracias, Fernando. ¿Y tú? ¿Cuál es tu sueño más grande?

—Me encantaría ser un diseñador gráfico de renombre, trabajar en proyectos que inspiren a otros. A veces me siento inseguro, pero tener amigos como tú me da fuerzas.

—Siempre estaré aquí para apoyarte, Fer. Lo sabes, ¿verdad?

—Lo sé, Cassie. Y yo también estaré aquí para ti, siempre.

Una de las cosas que más apreciaba de Cassie era su capacidad para escuchar. Siempre estaba dispuesta a oírme, sin importar lo trivial o profundo que fuera el tema. Recuerdo una noche, después de un día particularmente difícil, cuando toqué la puerta de su casa.

—¡Fernando! ¿Qué haces aquí tan tarde? —preguntó, con una mezcla de sorpresa y preocupación.

—Necesitaba hablar contigo, Cassie. ¿Tienes un momento?

—Claro, pasa. Vamos a mi habitación.

Nos sentamos en su cama, y le conté todo lo que me estaba agobiando. Cassie escuchó atentamente, sin interrumpirme, y cuando terminé, me ofreció las palabras de consuelo que tanto necesitaba.

—Fer, todos pasamos por momentos difíciles. Lo importante es no perder la esperanza. Eres una persona fuerte y talentosa. Vas a superar esto.

—Gracias, Cassie. No sé qué haría sin ti.

—Siempre estaré aquí para ti, Fernando. No lo olvides.

Cassie también compartía sus propios secretos conmigo. Había momentos en los que se sentía abrumada por las expectativas y las presiones de la vida. En esos momentos, yo trataba de ser el apoyo que ella siempre había sido para mí.

Una tarde, mientras estudiábamos en la biblioteca, Cassie se quedó en silencio, mirando fijamente su libro.

—¿Qué te pasa, Cassie? —pregunté, notando su inquietud.

—A veces siento que no soy lo suficientemente buena, Fer. Que nunca alcanzaré mis sueños.

—Eso no es cierto. Eres increíblemente talentosa y dedicada. Vas a lograr todo lo que te propongas.

—¿De verdad lo crees?

—Lo sé. Tienes un corazón y una mente increíbles. No dejes que las dudas te detengan.

Cassie y yo teníamos nuestras tradiciones, pequeños rituales que fortalecían nuestra amistad. Cada año, el día de nuestros cumpleaños, nos regalábamos algo significativo, algo que reflejara lo mucho que nos conocíamos y valorábamos.

Recuerdo un cumpleaños en particular, cuando Cassie me sorprendió con un cuaderno de diseño personalizado.

—Feliz cumpleaños, Fernando —dijo, entregándome el cuaderno—. Pensé que podrías usarlo para tus proyectos.

—Cassie, es perfecto. Gracias.

—Sé cuánto significa para ti tu arte, y quería darte algo que te inspirara.

—Lo aprecio mucho. Y tengo algo para ti también.

Le di un libro de edición especial de su autor favorito, con una nota en la primera página que decía: "Para Cassie, la mejor escritora que conozco. Gracias por siempre estar ahí."

Nuestra amistad sobrevivió a la secundaria y se fortaleció con los años. Cassie fue la primera persona a la que llamé cuando conseguí mi primer gran contrato como diseñador gráfico, y ella me llamó emocionada cuando su primer artículo fue publicado en una revista literaria.

—¡Fernando! ¡Lo logré! —gritó Cassie por teléfono—. ¡Mi artículo se publicó!

—¡Sabía que lo lograrías, Cassie! Estoy tan orgulloso de ti.

—Gracias, Fer. Esto no habría sido posible sin tu apoyo constante.

—Eso no es cierto. Todo el crédito es tuyo. Eres una escritora increíble.

Cassie también estuvo allí en los momentos más oscuros. Cuando mi madre enfermó, Cassie fue la primera en ofrecerme su apoyo, acompañándome a las citas médicas y estando a mi lado cuando las cosas se pusieron difíciles.

—No tienes que hacerlo solo, Fernando. Estoy aquí para ti —dijo, tomándome de la mano.

—Gracias, Cassie. Tu presencia significa mucho para mí.

Mientras escribía estos recuerdos en el cuaderno, me di cuenta de lo afortunado que había sido al tener a Cassie en mi vida. Ella había sido mi confidente, mi apoyo incondicional, y la persona a quien podía confiarle todo. Su amistad era uno de los tesoros más grandes que había conocido, y su amor y comprensión me habían ayudado a sobrellevar los momentos más difíciles.

Cerré el cuaderno, sintiéndome abrumado por la gratitud. Cassie siempre había sido mi roca, mi refugio seguro. Su apoyo constante y su capacidad para escucharme habían sido un regalo invaluable.

Me levanté y miré por la ventana, viendo cómo el sol comenzaba a ocultarse. A pesar de todo, sabía que siempre tendría los recuerdos de Cassie para iluminar mis días. Ella había sido mi confidente, y escribir sobre nuestra amistad en el cuaderno me hizo sentir su presencia aún más fuerte.

Tomé una profunda respiración, sabiendo que aún quedaban muchas historias por contar. Cassie siempre

tendría un lugar especial en mi corazón, y su amistad sería algo que atesoraría por el resto de mi vida.

Capítulo 6: Último Año de Secundaria

El último año de secundaria era una mezcla de emoción y tensión. Nos acercábamos al final de una etapa crucial en nuestras vidas, y las expectativas eran altas. A lo largo de ese año, mis amigas y yo enfrentamos juntos los desafíos académicos y personales que se presentaron. Cada uno de esos momentos se convirtió en un recuerdo imborrable.

El primer día del último año, todos estábamos nerviosos. Mara, Mina, Emily, Cassie y yo nos encontramos en el patio de la escuela antes de que comenzaran las clases.

—¿No les parece increíble que este sea nuestro último año? —preguntó Mara, mirando a su alrededor con una mezcla de emoción y nostalgia.

—Sí, se siente extraño —respondió Mina—. Pero también emocionante. Estamos a punto de empezar una nueva etapa.

—¡Exacto! —dijo Emily, sonriendo—. Y estoy segura de que este año será inolvidable.

Cassie se acercó a mí y me dio un ligero golpe en el hombro.

—¿Listo para enfrentar todo lo que venga, Fer?

—Más que listo —le respondí, devolviéndole la sonrisa—. Juntos podemos con todo.

Las semanas pasaron rápidamente, y pronto nos vimos inmersos en exámenes, proyectos y actividades extracurriculares. Recuerdo una noche en particular en la que todos nos reunimos en la biblioteca para estudiar para un examen importante de matemáticas. Estábamos agotados, pero decididos a hacerlo bien.

—No entiendo nada de esto —dijo Mina, frustrada—. Las integrales me están matando.

—Tranquila, Mina —respondió Cassie—. Podemos repasar juntas. Yo te explico lo que necesites.

Emily, que estaba a mi lado, me miró con una sonrisa cómplice.

—¿Y tú, Fernando? ¿Cómo vas con todo esto?

—Sobreviviendo —respondí con una risa cansada—.
Pero con ustedes aquí, es más fácil.

Además de los desafíos académicos, también
enfrentamos problemas personales. Recuerdo una
tarde en la que Mara llegó al grupo visiblemente
alterada.

—¿Qué te pasa, Mara? —le preguntó Emily,
preocupada.

—Es mi familia —respondió Mara, con lágrimas en los
ojos—. Están pasando por una crisis económica y no sé
qué hacer.

Cassie la abrazó y le dijo suavemente:

—Estamos aquí para ti, Mara. No tienes que enfrentarlo
sola.

—Gracias —dijo Mara, tratando de sonreír—. Su apoyo
significa mucho para mí.

El último año también trajo consigo momentos de
alegría y celebración. Una de las mejores noches fue el
baile de graduación. Todos estábamos emocionados y
nerviosos al mismo tiempo.

—¿Listos para la mejor noche de nuestras vidas? —preguntó Mina, ajustándose su vestido.

—¡Claro que sí! —respondió Emily, dando vueltas para mostrar su vestido—. Esta noche es nuestra.

Cassie me tomó del brazo y sonrió.

—Vamos a hacer que esta noche sea inolvidable, Fernando.

—No esperaba menos, Cassie —respondí, sonriendo de vuelta.

La noche estuvo llena de risas, bailes y momentos especiales. Recuerdo cómo Emily y yo intentamos seguir el ritmo de una canción rápida y acabamos riendo sin parar cuando tropezamos torpemente. Mara y Mina se unieron a nosotros, haciendo de esa pista de baile nuestro refugio de alegría y despreocupación.

Sin embargo, no todo fue diversión. También hubo decisiones difíciles que tomar sobre nuestro futuro. Una tarde, mientras caminábamos por el parque, Cassie y yo tuvimos una conversación seria sobre nuestros planes.

—He estado pensando en qué hacer después de la graduación —dijo Cassie, mirando al horizonte—. Quiero estudiar literatura, pero no estoy segura de a dónde ir.

—Yo también he estado dándole vueltas a eso —respondí—. Quiero estudiar diseño gráfico, pero hay tantas opciones que me siento abrumado.

—Sabes, Fernando —dijo Cassie, girándose hacia mí—, no importa a dónde vayamos, siempre podemos apoyarnos mutuamente. Hemos llegado hasta aquí juntos, y podemos seguir adelante de la misma manera.

—Tienes razón, Cassie. Gracias por ser mi amiga y confidente. No sé qué haría sin ti.

Ella sonrió y me abrazó.

—Siempre estaré aquí para ti, Fer.

El día de la graduación finalmente llegó. Estábamos vestidos con nuestras togas y birretes, listos para recibir nuestros diplomas y despedirnos de una etapa importante en nuestras vidas. Recuerdo el sentimiento de orgullo y melancolía que me invadió al ver a mis amigas en la misma situación.

—Lo logramos —dijo Mara, con lágrimas en los ojos—. No puedo creer que este día finalmente haya llegado.

—Ha sido un viaje increíble —dijo Mina, abrazando a cada uno de nosotros—. Los voy a extrañar tanto.

Emily levantó su birrete y gritó:

—¡Por nosotros y por todo lo que hemos logrado juntos!

Nos unimos a su grito, sintiendo la energía y el amor que habíamos compartido durante tantos años.

Después de la ceremonia, nos reunimos en el patio de la escuela para tomar fotos y compartir nuestras esperanzas para el futuro. Cassie se acercó a mí y me entregó un pequeño paquete envuelto en papel brillante.

—Esto es para ti, Fernando. Un pequeño recordatorio de nuestra amistad.

Lo abrí y encontré un cuaderno con la inscripción: "Para Fernando, mi amigo y confidente. Nunca dejes de soñar".

—Gracias, Cassie. Es perfecto.

—Y hay algo más —dijo, sacando una pluma estilográfica—. Para que sigas escribiendo tus propios capítulos.

—Cassie, esto significa mucho para mí. Gracias.

El último año de secundaria estuvo lleno de desafíos y momentos inolvidables. Juntos, mis amigas y yo enfrentamos todo lo que la vida nos lanzó, y salimos más fuertes y más unidos. Sabía que, sin importar a dónde nos llevara el futuro, siempre tendría los recuerdos de esos días y el apoyo de las personas que más significaban para mí.

Al cerrar el cuaderno esa noche, sentí una mezcla de tristeza y esperanza. Sabía que un capítulo de mi vida había terminado, pero también que uno nuevo estaba por comenzar. Con mis amigas a mi lado, estaba listo para enfrentar cualquier cosa que viniera.

Y así, el último año de secundaria se convirtió en un tesoro de recuerdos que llevaría conmigo para siempre.

Capítulo 7: La Graduación

La mañana de la graduación estaba cargada de una energía palpable. Todo parecía más brillante y más significativo ese día. Mis amigas y yo nos preparamos para uno de los momentos más importantes de nuestras vidas, un día que marcaría el final de una etapa y el comienzo de otra.

Llegué temprano a la escuela, el lugar que había sido nuestro segundo hogar durante tantos años. Mientras caminaba por los pasillos, me encontré con Mara, quien ya estaba allí, luciendo su toga y birrete.

—¡Fernando! —gritó Mara, corriendo hacia mí—. ¿Estás listo para esto?

—¡Claro que sí! —respondí, sonriendo—. Aunque es un poco surrealista, ¿no crees?

—Definitivamente —dijo ella, ajustando su birrete—. Es como si todo hubiera pasado en un abrir y cerrar de ojos.

Nos dirigimos al auditorio donde se llevaría a cabo la ceremonia. El lugar estaba lleno de estudiantes y padres, todos emocionados y un poco nerviosos.

Encontramos a Mina, Emily y Cassie sentadas juntas, guardándonos un lugar.

—¡Allí están! —exclamó Mina, agitando la mano para llamarnos la atención.

Nos unimos a ellas, y la sensación de estar todos juntos en ese momento crucial era reconfortante. Cassie, siempre observadora, notó mi expresión pensativa.

—¿En qué piensas, Fer? —preguntó, dándome un ligero codazo.

—Solo en lo rápido que pasó todo esto. Parece que ayer estábamos comenzando la secundaria, y ahora estamos aquí, listos para graduarnos.

—Lo sé —dijo Emily, suspirando—. Pero hemos hecho muchos recuerdos increíbles.

La ceremonia comenzó, y el director subió al escenario para dar un discurso inspirador sobre el futuro y las oportunidades que nos esperaban. Escuché atentamente, sintiendo una mezcla de orgullo y melancolía.

—Hoy celebramos no solo el final de una etapa, sino también el comienzo de una nueva aventura —dijo el

director—. Están listos para enfrentar el mundo, y sé que harán cosas maravillosas.

Uno por uno, nuestros nombres fueron llamados, y subimos al escenario para recibir nuestros diplomas. Cuando mi nombre fue anunciado, sentí un nudo en la garganta y un torrente de emociones.

—Fernando Ramírez —dijo el director, y caminé hacia él, aceptando mi diploma con una sonrisa.

Miré hacia el público y vi a mis padres, sus rostros llenos de orgullo y alegría. Levanté mi diploma hacia ellos, y me di cuenta de cuánto significaba este momento, no solo para mí, sino también para todos los que me habían apoyado a lo largo del camino.

Después de la ceremonia, nos reunimos todos en el patio de la escuela para tomar fotos y celebrar. El ambiente estaba lleno de risas y lágrimas, abrazos y despedidas.

—¡Lo hicimos! —gritó Mina, levantando su diploma en el aire—. ¡Somos oficialmente graduados!

—No puedo creer que finalmente haya llegado el día —dijo Emily, abrazándonos a todos—. Voy a extrañar esto.

—Pero también hay tanto por esperar —añadió Cassie, sonriendo—. Este es solo el comienzo de algo nuevo y emocionante.

Mara, siempre la más sentimental, tenía lágrimas en los ojos.

—Sé que nos veremos, pero va a ser difícil no estar juntos todo el tiempo.

—Nos mantendremos en contacto —dije, tratando de animarla—. Nuestra amistad es fuerte, y nada podrá cambiar eso.

Decidimos celebrar esa noche juntos, como siempre lo habíamos hecho. Nos reunimos en la casa de Emily, donde habíamos pasado innumerables noches de estudio y fiestas.

—Esto es perfecto —dijo Mina, sirviendo las bebidas—. Un brindis por nosotros y por todos los recuerdos que hemos creado.

—Y por los recuerdos que aún vamos a crear —añadió Cassie, levantando su vaso.

—Por nosotros —dije, sintiendo una ola de gratitud y amor por cada uno de ellos—. Por nuestra amistad y nuestro futuro.

La noche estuvo llena de risas, juegos y conversaciones profundas. Hablamos de nuestros planes para el futuro, de los sueños y las metas que cada uno tenía.

—Voy a estudiar literatura —dijo Cassie—. Siempre ha sido mi pasión, y quiero seguir ese sueño.

—Voy a estudiar diseño gráfico —añadí—. Quiero trabajar en proyectos que inspiren a otros.

—Yo quiero ser ingeniera —dijo Mina—. Sé que es un camino difícil, pero estoy lista para el desafío.

—Voy a estudiar medicina —dijo Emily—. Quiero ayudar a las personas y marcar una diferencia en el mundo.

—Y yo voy a estudiar derecho —dijo Mara—. Siempre he querido defender a los que no pueden defenderse a sí mismos.

Nos miramos unos a otros, sintiendo el peso de nuestras palabras y la realidad de que estábamos a punto de embarcarnos en diferentes caminos.

Más tarde esa noche, Cassie y yo salimos al jardín para tomar aire fresco. Nos sentamos en el césped, mirando las estrellas.

—¿Estás listo para todo lo que viene, Fernando? —preguntó Cassie, rompiendo el silencio.

—Sí y no —respondí, honestamente—. Estoy emocionado, pero también un poco asustado. ¿Y tú?

—Igual. Pero sé que, pase lo que pase, siempre tendré tu apoyo y el de todos los demás.

—Así es —dije, tomando su mano—. Siempre estaremos ahí el uno para el otro.

La noche se prolongó hasta altas horas, y cuando finalmente nos despedimos, sentí una mezcla de tristeza y esperanza. Sabía que nuestras vidas estaban a punto de cambiar drásticamente, pero también sabía que nuestra amistad había sido una constante en medio de todos los cambios.

Al cerrar la puerta de la casa de Emily y caminar hacia mi coche, miré hacia atrás una última vez. Vi a mis amigas riendo y abrazándose, y supe que, aunque el

futuro era incierto, siempre tendríamos esos momentos juntos.

La graduación marcó el final de una etapa y el comienzo de otra. Celebramos nuestro éxito y miramos hacia el futuro con esperanza. Sabíamos que vendrían nuevos desafíos y oportunidades, pero estábamos listos para enfrentarlos juntos, como siempre lo habíamos hecho. Al final del día, entendí que la verdadera graduación no era solo recibir un diploma, sino aprender a valorar las amistades y los recuerdos que nos habían llevado hasta allí.

Y así, con el corazón lleno de gratitud y los ojos puestos en el horizonte, di un paso hacia adelante, listo para abrazar el futuro.

Capítulo 8: El Primer Verano

El verano después de la graduación era una pausa deliciosa entre la seguridad de la escuela y la incertidumbre del futuro. Mis amigas y yo nos prometimos aprovechar al máximo esos meses de libertad antes de que nuestros caminos empezaran a divergir.

El primer día de verano nos reunimos en la casa de Mara. Ella había organizado una pequeña barbacoa para celebrar el inicio de esta nueva etapa.

—¡Bienvenidos al primer día del mejor verano de nuestras vidas! —gritó Mara, levantando una bebida en el aire.

—¡Por nosotros! —respondimos al unísono, levantando nuestros vasos.

Nos instalamos en el jardín, rodeados de risas y música. El sol brillaba intensamente, y la piscina nos llamaba con su refrescante promesa.

—Tenemos que hacer una lista de todo lo que queremos hacer este verano —dijo Mina, siempre la más organizada del grupo.

—¡Buena idea! —respondió Emily, sacando una libreta de su bolso—. Empezaré a anotar.

Nos sentamos en círculo y comenzamos a lanzar ideas.

—Quiero hacer una excursión de un día a la montaña —dijo Cassie.

—Me encantaría ir a un concierto al aire libre —añadió Mara.

—¿Qué tal un viaje a la playa? —sugerí, viendo cómo todos asentían con entusiasmo.

—Y no olvidemos las noches de cine bajo las estrellas —dijo Mina, sonriendo.

Las semanas siguientes fueron un torbellino de aventuras y risas. Fuimos a la montaña, donde hicimos senderismo y disfrutamos de la naturaleza.

—Mira esa vista, Fernando —dijo Cassie, señalando el paisaje desde la cima—. Es impresionante.

—Sí, lo es —respondí, maravillado—. Este es el tipo de recuerdos que quiero llevar conmigo.

También asistimos a un concierto al aire libre, donde bailamos y cantamos hasta quedarnos sin voz.

—¡Esta es la mejor noche de mi vida! —gritó Mara, mientras la música retumbaba a nuestro alrededor.

—¡Y apenas estamos empezando! —respondió Emily, agarrándonos de las manos y tirándonos al centro de la multitud.

Nuestro viaje a la playa fue otro de los momentos destacados del verano. Pasamos el día nadando, jugando voleibol y construyendo castillos de arena.

—¡Fernando, cuidado! —gritó Mina, riendo mientras me lanzaba una bola de arena.

—¡Ya verás! —respondí, devolviéndole el ataque.

Más tarde, cuando el sol comenzó a ponerse, nos reunimos alrededor de una fogata. Las llamas danzaban y el sonido del mar nos envolvía.

—Este es el mejor verano que podría haber imaginado —dijo Cassie, mirando las estrellas.

—Y aún no ha terminado —respondí, sintiendo una cálida sensación de satisfacción.

Una de las noches más memorables fue nuestra noche de cine bajo las estrellas. Instalamos una pantalla en el jardín de Mina y nos acurrucamos con mantas y almohadas.

—¿Qué vamos a ver primero? —preguntó Mara, con una bolsa de palomitas en la mano.

—¿Qué tal una maratón de películas clásicas? —sugirió Emily.

Asentimos con entusiasmo y pronto nos encontramos inmersos en un viaje cinematográfico que duró toda la noche. Nos reímos, lloramos y recordamos momentos de nuestra infancia.

—Esta es una de las mejores ideas que hemos tenido — dije, acurrucándome bajo la manta junto a Cassie.

—Me alegra que estemos todos aquí —respondió ella, sonriendo—. Estos son los momentos que nunca olvidaremos.

Hacia el final del verano, organizamos un último gran evento: un picnic en el parque donde todo había comenzado años atrás. Nos sentamos en el césped,

recordando todos los buenos tiempos y hablando de nuestros planes para el futuro.

—Va a ser raro no vernos todos los días —dijo Mina, con un tono melancólico.

—Sí, pero siempre estaremos en contacto —respondió Mara—. Nuestra amistad es más fuerte que la distancia.

—Y nos visitaremos tanto como podamos —añadió Emily.

Cassie tomó mi mano y dijo:

—Esto no es un adiós, Fernando. Es solo el comienzo de una nueva etapa para todos nosotros.

En nuestro último día juntos antes de que cada uno tomara su propio camino, decidimos hacer algo especial. Nos dirigimos a nuestro lugar secreto, un pequeño claro en el bosque que habíamos descubierto en nuestra adolescencia.

—Este lugar siempre será nuestro —dijo Mara, mirando a su alrededor con nostalgia.

—Prometamos que volveremos aquí cada vez que nos reunamos —sugirió Mina.

Nos tomamos de las manos y formamos un círculo.

—Prometido —dijimos al unísono, sellando nuestro pacto.

El verano después de la graduación estaba lleno de aventuras y risas. Fernando y sus amigas disfrutaron de su libertad antes de que sus caminos empezaran a divergir, creando recuerdos que atesorarían para siempre.

Mientras caminaba hacia mi coche esa última noche, sentí una mezcla de tristeza y esperanza. Sabía que la vida estaba a punto de cambiar drásticamente para todos nosotros, pero también sabía que nuestra amistad perduraría. Con los recuerdos de ese increíble verano en mi corazón, estaba listo para enfrentar el futuro, confiando en que, sin importar lo que viniera, siempre tendría a mis amigas a mi lado.

Capítulo 9: Los Primeros Cambios

El verano había terminado, y con él, nuestra burbuja de libertad antes de que los caminos empezaran a divergir. Mientras cada uno de nosotros se adaptaba a los nuevos comienzos, Mara tomó una decisión audaz que me llenó de orgullo: iba a empezar su propio negocio de joyas.

Un día, Mara me llamó emocionada y me pidió que me encontrara con ella en nuestro café favorito.

—¡Fernando! —exclamó Mara cuando entré—. ¡Tengo algo increíble que contarte!

—¿Qué pasa, Mara? —le pregunté, sentándome frente a ella—. Pareces muy emocionada.

—¡Voy a empezar mi propio negocio de joyas! —dijo, con una sonrisa radiante—. Llevo meses trabajando en diseños y aprendiendo sobre el proceso. Finalmente, estoy lista para lanzarlo.

Sentí una oleada de orgullo y alegría por ella.

—¡Mara, eso es increíble! —respondí—. Siempre has tenido un talento increíble para el diseño. Sabía que harías algo grandioso con él.

Pasaron las semanas, y Mara trabajó incansablemente en su proyecto. Cada vez que hablábamos, me contaba sobre sus progresos y los desafíos que enfrentaba. Un día, me invitó a su casa para mostrarme sus creaciones.

—Aquí están —dijo Mara, llevándome a su habitación que había convertido en un pequeño taller—. Estas son algunas de las piezas en las que he estado trabajando.

Miré las joyas, impresionado por la delicadeza y el detalle de cada una.

—Mara, esto es asombroso —dije, levantando un collar hecho a mano—. Tienes un verdadero don.

—Gracias, Fernando —respondió, sonriendo con timidez—. Significa mucho para mí que pienses eso.

Unos días después, Mara tuvo su primera venta en línea. Me llamó emocionada para darme la noticia.

—¡Fernando, vendí mi primera pieza! —gritó Mara por el teléfono—. No puedo creerlo.

—¡Eso es genial, Mara! —respondí, sintiendo su entusiasmo—. Sabía que lo lograrías. Este es solo el comienzo.

—Gracias por creer en mí, Fernando. Tu apoyo significa mucho.

A medida que su negocio crecía, Mara enfrentaba nuevos desafíos. Un día, me llamó preocupada.

—Fernando, necesito tu ayuda —dijo—. Tengo un gran pedido y no sé cómo manejar todo yo sola.

—No te preocupes, Mara —respondí—. Estaré allí en una hora.

Llegué a su casa y la encontré rodeada de materiales y herramientas.

—Wow, tienes mucho trabajo por delante —dije, admirando su dedicación.

—Sí, pero estoy decidida a hacerlo bien —respondió Mara, sonriendo con determinación—. Gracias por venir a ayudarme.

Pasamos horas trabajando juntos, riendo y compartiendo historias mientras ensamblábamos las joyas. Al final del día, habíamos completado el pedido.

—¡Lo logramos! —dijo Mara, exhausta pero feliz—. No podría haberlo hecho sin ti, Fernando.

—Siempre estaré aquí para ayudarte, Mara —respondí, sonriendo—. Estoy muy orgulloso de ti.

Con el tiempo, Mara empezó a ganar reconocimiento por su talento. Un día, recibió una invitación para participar en una feria de artesanía local. Estaba emocionada pero también nerviosa.

—Fernando, esto es un gran paso para mí —dijo Mara, mostrándome la invitación—. ¿Crees que debería hacerlo?

—Definitivamente, Mara —respondí—. Esta es una oportunidad increíble para mostrar tu trabajo. Estoy seguro de que será un éxito.

—Gracias, Fernando. Tu confianza en mí me da fuerzas.

El día de la feria llegó, y Mara tenía un stand lleno de sus hermosas creaciones. Estuve allí para apoyarla,

ayudándola a montar todo y animándola a medida que los visitantes admiraban su trabajo.

—¡Mira, Fernando! —dijo Mara, señalando a una mujer que estaba comprando uno de sus collares—. ¡Está funcionando!

—Sabía que lo harías genial, Mara —respondí, sonriendo—. Este es solo el comienzo de algo grande.

A lo largo del día, más y más personas se acercaron al stand de Mara, admirando y comprando sus joyas. Pude ver la confianza en sus ojos crecer con cada venta.

—Fernando, no puedo creer lo bien que está yendo —dijo Mara durante un descanso—. Estoy tan feliz.

—Te lo mereces, Mara. Has trabajado muy duro para llegar aquí.

Al final del día, Mara había vendido casi todas sus piezas. Estaba radiante de felicidad y gratitud.

—Gracias por estar aquí conmigo, Fernando —dijo, abrazándome—. No podría haberlo hecho sin tu apoyo.

—Siempre estaré aquí para ti, Mara —respondí, devolviendo el abrazo—. Estoy increíblemente orgulloso de ti.

Las semanas siguientes trajeron más éxitos para Mara. Su tienda en línea empezó a ganar popularidad, y recibía más pedidos de los que había imaginado. Un día, me llamó con una noticia emocionante.

—Fernando, recibí una oferta para vender mis joyas en una tienda local —dijo, sin poder contener su alegría—. ¡Esto es enorme para mí!

—¡Mara, eso es increíble! —respondí—. Sabía que tu talento te llevaría lejos.

Esa noche, celebramos su éxito en nuestro restaurante favorito. Mientras brindábamos, Mara me miró con gratitud.

—Gracias por creer en mí, Fernando. Tu apoyo ha significado todo.

—No tienes que agradecerme, Mara. Todo esto es gracias a tu talento y determinación.

Ella sonrió y dijo:

—Pero tenerte a mi lado ha hecho que todo sea más
fácil y más especial.

A medida que Mara seguía avanzando en su
emprendimiento, me sentía cada vez más orgulloso de
ella. Ver cómo crecía y alcanzaba sus sueños era
inspirador y me recordaba la importancia de tener
amigos que te apoyen incondicionalmente.

Con cada nuevo paso que Mara daba hacia el éxito,
nuestra amistad se fortalecía aún más. Sabía que, sin
importar lo que el futuro nos trajera, siempre
estaríamos allí el uno para el otro, celebrando los
logros y enfrentando los desafíos juntos.

Así, los primeros cambios en nuestras vidas no solo
marcaron el comienzo de nuevos sueños, sino también
el fortalecimiento de una amistad que había resistido la
prueba del tiempo y la distancia.

Capítulo 10: El Viaje de Mina

El verano estaba llegando a su fin y con él, los días de despreocupación que habíamos compartido. Cada uno de nosotros estaba a punto de embarcarse en nuevas aventuras, y para Mina, eso significaba algo más grande: un viaje por el mundo. Había soñado con esto desde que la conocí, y ahora estaba a punto de hacerlo realidad. Aunque sentía una mezcla de alegría y tristeza, sabía que debía apoyarla en cada paso de su camino.

Una tarde, Mina me invitó a su casa. Me recibió con una sonrisa radiante, pero podía ver la mezcla de emociones en sus ojos.

—¡Fernando! —exclamó, abrazándome con fuerza—. Estoy tan emocionada y nerviosa al mismo tiempo.

—Lo sé, Mina —respondí, devolviéndole el abrazo—. Esto es enorme. Vas a cumplir uno de tus sueños más grandes.

Nos sentamos en su sala, rodeados de mapas, guías de viaje y una maleta medio empacada. Mina me mostró su itinerario, lleno de destinos exóticos y aventuras emocionantes.

—Voy a empezar en Europa —dijo, señalando el primer punto en el mapa—. Luego viajaré a Asia y después a Sudamérica. Hay tantos lugares que quiero ver.

—Suena increíble, Mina —dije, admirando su valentía y determinación—. Vas a tener experiencias que te cambiarán la vida.

La semana antes de su partida, decidimos organizar una cena de despedida en su honor. Nos reunimos todos en un restaurante que Mina adoraba, un lugar donde habíamos pasado muchos buenos momentos juntos.

—¡Por Mina! —dijo Mara, levantando su copa—. Que tengas el viaje más increíble y que todos tus sueños se hagan realidad.

—¡Por Mina! —respondimos al unísono, brindando por nuestra amiga.

La cena estuvo llena de risas, recuerdos y promesas de mantenernos en contacto. Mina estaba radiante, aunque sabía que dejar atrás a sus amigos y su hogar no sería fácil.

—Voy a extrañar esto —dijo Mina, mirando a su alrededor—. Pero sé que es algo que necesito hacer.

—Y nosotros te extrañaremos a ti —respondí—. Pero estaremos aquí apoyándote en cada paso del camino.

El día de su partida llegó demasiado pronto. Acompañé a Mina al aeropuerto, ayudándole con su equipaje y asegurándome de que todo estuviera en orden.

—¿Estás lista para esto? —le pregunté, viendo cómo observaba el bullicio del aeropuerto con una mezcla de nerviosismo y emoción.

—Sí, lo estoy —respondió, sonriendo—. Aunque una parte de mí aún no puede creer que esto esté pasando.

Nos sentamos en una cafetería cerca de la puerta de embarque, disfrutando de los últimos momentos antes de su partida.

—Gracias por estar aquí, Fernando —dijo Mina, tomando mi mano—. Significa mucho para mí.

—No hay de qué, Mina —respondí, apretando su mano—. Quería asegurarme de que te despidieras sabiendo cuánto te apoyamos todos.

El momento de la despedida llegó, y no pude evitar sentir un nudo en la garganta. Abracé a Mina con fuerza, deseándole todo lo mejor.

—Cuídate mucho, Mina. Y no olvides mantenernos al tanto de todas tus aventuras.

—Lo haré, Fernando. Te prometo que te enviaré fotos y te contaré todo lo que me pase.

—Y recuerda que siempre tendrás un lugar al que regresar.

Mina sonrió, con los ojos brillantes de emoción y un poco de tristeza.

—Gracias, Fernando. Tener amigos como tú hace que este viaje sea aún más especial.

Los primeros días después de la partida de Mina fueron extraños. Sentía su ausencia en cada rincón de nuestra vida cotidiana. Sin embargo, pronto comenzaron a llegar mensajes y fotos desde sus primeras paradas en Europa.

—¡Fernando! —escribió en uno de sus mensajes—. París es increíble. Los monumentos, la comida, la

gente... todo es como un sueño. Te enviaré más fotos pronto.

Me alegraba recibir sus mensajes y ver cómo disfrutaba de su viaje. Sus relatos estaban llenos de entusiasmo y asombro, y era evidente que estaba viviendo experiencias transformadoras.

Un día, recibí una llamada sorpresa de Mina. Estaba en Roma, una de sus ciudades más esperadas.

—¡Fernando! —dijo, con la voz llena de emoción—. Estoy frente al Coliseo. No puedo creer lo imponente que es en persona.

—¡Mina, eso es increíble! —respondí—. Debe ser una sensación indescriptible estar allí.

—Lo es —dijo, riendo—. Cada día aquí es una nueva aventura. Estoy aprendiendo tanto sobre mí misma y el mundo.

Seguimos hablando por un rato, y cada palabra de Mina me hacía sentir más orgulloso de ella.

A medida que su viaje continuaba, Mina exploró lugares como Tailandia, Japón y Brasil. Cada vez que recibía una actualización, sentía una mezcla de alegría

y nostalgia. Ver a Mina cumplir sus sueños era inspirador, pero también me hacía extrañar los días en que estábamos todos juntos.

Una tarde, recibí un mensaje de Mina desde un pequeño pueblo en Perú.

—Fernando, hoy hice senderismo hasta Machu Picchu. Fue una de las experiencias más desafiantes y gratificantes de mi vida. Quería compartir esto contigo porque sé cuánto te gustan las montañas.

Ver las fotos de Mina en ese paisaje majestuoso me llenó de admiración. Sabía que este viaje estaba moldeando a Mina de formas que ninguno de nosotros podría haber imaginado.

A pesar de la distancia, nuestra amistad se mantuvo fuerte. Nos aseguramos de mantenernos en contacto, compartiendo nuestras vidas a través de mensajes, llamadas y videollamadas. Cada conversación con Mina era un recordatorio de cuánto había crecido y cuánto seguía siendo la misma amiga que había conocido.

Un día, recibí una postal desde Australia, uno de los últimos destinos de su viaje.

—Fernando, este viaje ha sido todo lo que soñé y más. He conocido a personas increíbles, he visto lugares que solo imaginaba en mis sueños y he aprendido tanto sobre mí misma. Gracias por ser parte de esto, por creer en mí y por estar siempre a mi lado.

El viaje de Mina fue una experiencia transformadora, tanto para ella como para quienes la apoyamos. Despedirla con una mezcla de alegría y tristeza fue difícil, pero saber que estaba cumpliendo sus sueños hizo que todo valiera la pena. Con cada nuevo destino, Mina no solo exploraba el mundo, sino que también descubría más sobre sí misma. Y aunque nuestros caminos comenzaban a divergir, nuestra amistad seguía siendo un vínculo fuerte que nos mantenía unidos a pesar de la distancia.

Capítulo 11: Emily y su Creatividad

Después de la partida de Mina, las cosas parecieron calmarse un poco. Cada uno de nosotros estaba enfocado en nuestras nuevas direcciones, pero siempre encontrábamos tiempo para mantenernos en contacto y apoyarnos. Fue durante este tiempo que Emily comenzó a encontrar su verdadera pasión: el diseño gráfico.

Una tarde, Emily me invitó a su casa para mostrarme en qué había estado trabajando. Cuando llegué, me recibió con una sonrisa brillante y me llevó directamente a su habitación, que ahora parecía más un estudio de arte.

—¡Fernando! —exclamó, encendiendo su computadora—. Tienes que ver esto.

Me acerqué al escritorio mientras Emily abría varios archivos en su pantalla. Vi una serie de ilustraciones y diseños digitales que me dejaron sin palabras.

—Emily, esto es increíble —dije, admirando su trabajo—. No tenía idea de que tenías este talento.

—Gracias, Fernando —respondió, sonriendo—. Siempre me ha gustado dibujar, pero nunca pensé en hacerlo digitalmente hasta hace poco. Me encanta cómo puedo combinar arte y tecnología.

A medida que Emily se sumergía más en el mundo del diseño gráfico, su entusiasmo era contagioso. Pasaba horas aprendiendo nuevas técnicas y experimentando con diferentes estilos. Un día, mientras caminábamos por el parque, me contó sobre su primera gran oportunidad.

—Fernando, conseguí una pasantía en una agencia de diseño local —dijo, emocionada—. Voy a trabajar con diseñadores profesionales y aprender de ellos.

—¡Emily, eso es genial! —respondí—. Sabía que tu talento te llevaría lejos. Estoy tan orgulloso de ti.

—Gracias, Fernando. Estoy nerviosa, pero también muy emocionada. Siento que esto es solo el comienzo.

Los primeros días en la agencia fueron desafiantes para Emily, pero también increíblemente gratificantes. Cada vez que nos veíamos, tenía historias emocionantes sobre los proyectos en los que estaba trabajando y lo mucho que estaba aprendiendo.

—Hoy ayudé a diseñar un logo para una nueva startup —me contó una tarde mientras tomábamos café—. Fue increíble ver cómo mis ideas cobraban vida y eran apreciadas por los clientes.

—Eso suena asombroso, Emily. Estoy seguro de que harás un trabajo increíble allí.

Con el tiempo, Emily empezó a recibir más responsabilidades y proyectos importantes en la agencia. Su talento y dedicación no pasaban desapercibidos, y pronto se convirtió en una parte esencial del equipo.

—Fernando, me han asignado un proyecto grande —dijo un día, con una mezcla de emoción y nerviosismo—. Estoy a cargo del rediseño completo de la identidad visual de una empresa.

—¡Wow, Emily! Eso es enorme. Pero sé que harás un trabajo increíble. Eres muy talentosa y trabajadora.

—Gracias por tu confianza en mí, Fernando. Esto significa mucho.

El proyecto fue un éxito rotundo. La empresa quedó encantada con el nuevo diseño y la agencia no tardó en

reconocer el talento de Emily. La invitaron a formar parte del equipo de tiempo completo incluso antes de que terminara su pasantía.

—Fernando, no puedo creerlo —dijo Emily, llamándome por teléfono—. Me han ofrecido un puesto permanente en la agencia.

—Emily, eso es fantástico. Me alegra tanto saber que reconocen tu talento. Te lo mereces.

—Gracias, Fernando. No podría haber llegado hasta aquí sin el apoyo de mis amigos.

Para celebrar su logro, organizamos una pequeña reunión en su casa. Mara, Cassie y yo llegamos con comida y bebidas para festejar.

—¡Por Emily! —dijo Mara, levantando su copa—. Por seguir tus sueños y demostrar tu talento al mundo.

—¡Por Emily! —dijimos todos, brindando por ella.

—Gracias, chicos —dijo Emily, con los ojos llenos de gratitud—. Ustedes han sido mi roca. No sé qué haría sin ustedes.

A medida que Emily seguía destacándose en su carrera, su confianza crecía. Un día, me mostró su portafolio en línea, una colección de sus mejores trabajos.

—He estado trabajando en esto durante meses —dijo, mostrando su página web—. Quiero que la gente vea lo que puedo hacer y quizás obtener algunos trabajos freelance.

—Emily, esto es impresionante. Tu talento es innegable, y estoy seguro de que recibirás muchas oportunidades.

—Espero que sí. Es un gran paso para mí, pero estoy emocionada por lo que venga.

Poco después, Emily empezó a recibir encargos freelance. Pequeñas empresas y emprendedores comenzaron a notar su trabajo y a contratarla para proyectos. Ver cómo florecía en su carrera me llenaba de orgullo.

Un día, mientras estábamos en su estudio, Emily me mostró uno de sus proyectos favoritos: un conjunto de ilustraciones para un libro infantil.

—Este es uno de los trabajos más divertidos que he hecho —dijo, sonriendo mientras pasaba las páginas—.

Me encanta la idea de que mi arte pueda inspirar a los niños.

—Es maravilloso, Emily. Tu creatividad no tiene límites. Estoy seguro de que este libro será un éxito.

A medida que su carrera continuaba despegando, Emily no dejaba de aprender y crecer. Se inscribió en cursos en línea y asistió a talleres para mejorar sus habilidades. Siempre estaba buscando nuevas formas de expresarse y de llevar su arte al siguiente nivel.

Un día, recibí una invitación inesperada: Emily iba a tener su primera exposición en una galería local.

—Fernando, no puedo creer que esto esté sucediendo —dijo, mostrándome la invitación—. Voy a exhibir mi trabajo en una galería.

—Emily, eso es increíble. Estoy tan orgulloso de ti. Esto es solo el comienzo de algo aún más grande.

La noche de la exposición, la galería estaba llena de gente admirando el trabajo de Emily. Sus ilustraciones y diseños gráficos estaban expuestos con elegancia, mostrando la profundidad de su talento y creatividad.

—Estoy tan nerviosa —dijo Emily, tomando mi mano mientras caminábamos por la galería—. Pero también muy feliz.

—No tienes por qué estar nerviosa, Emily. Tu trabajo es increíble y todos aquí pueden verlo.

La exposición fue un éxito rotundo. Emily recibió elogios de todos los presentes, y algunos incluso expresaron interés en comprar sus obras.

—Fernando, esto es un sueño hecho realidad —dijo Emily, con lágrimas de felicidad en sus ojos—. No podría haber llegado hasta aquí sin tu apoyo.

—Siempre estaré aquí para ti, Emily. Estoy increíblemente orgulloso de todo lo que has logrado.

Ver a Emily encontrar su pasión y abrirse camino en su carrera fue una experiencia inspiradora. Su talento, dedicación y creatividad no solo la llevaron a nuevas alturas, sino que también nos recordaron a todos la importancia de seguir nuestros sueños. A medida que celebrábamos sus logros, sabía que esta era solo una pequeña parte de todo lo que Emily lograría en su vida. Y yo estaría allí, apoyándola y admirando cada paso de su increíble viaje.

Capítulo 12: Cassie Siempre Presente

A lo largo de todos los cambios y desafíos que hemos enfrentado, Cassie siempre ha sido una constante en mi vida. Su presencia y apoyo incondicional han sido fundamentales para mí, especialmente en los momentos más difíciles. Nuestra amistad, que siempre fue fuerte, se ha vuelto aún más sólida a medida que hemos enfrentado juntos los altibajos de la vida.

Un día, después de una semana particularmente dura, Cassie me llamó para invitarme a su casa.

—Fernando, ¿quieres venir a cenar? —me preguntó con su habitual tono amable—. He cocinado algo que creo te gustará.

—Claro, Cassie. Me encantaría —respondí, aliviado por su invitación.

Cuando llegué a su casa, el aroma de la comida casera me recibió y, al entrar, me di cuenta de cuánto había necesitado ese momento de tranquilidad.

—Gracias por invitarme, Cassie. Realmente necesitaba esto —le dije mientras me sentaba en la mesa.

—Lo sé, Fernando. A veces, solo necesitamos un poco de compañía y buena comida —respondió, sirviendo los platos.

Durante la cena, hablamos de todo y de nada. Cassie tenía una habilidad especial para hacerme sentir mejor, incluso cuando las cosas parecían abrumadoras. Su risa y su perspectiva positiva siempre me daban fuerzas.

—Recuerdo cuando estábamos en secundaria y tú siempre tenías una sonrisa para todos, incluso en los días más difíciles —dijo Cassie, sonriendo—. Esa es una de las cosas que más admiro de ti.

—Gracias, Cassie. No sé qué haría sin ti —respondí, sinceramente agradecido.

—No tienes que agradecerme. Somos amigos, y eso es lo que hacemos, nos apoyamos mutuamente.

Nuestra amistad se fortaleció aún más cuando Cassie comenzó a enfrentar sus propios desafíos. Un día, me llamó visiblemente alterada.

—Fernando, ¿puedes venir a verme? —dijo, con la voz quebrada—. Necesito hablar contigo.

Sin pensarlo dos veces, me dirigí a su casa. Cuando llegué, me recibió con los ojos hinchados de llorar.

—Cassie, ¿qué pasó? —le pregunté, preocupado.

—Es... es mi trabajo —dijo, intentando mantener la calma—. Han decidido hacer recortes y... me despidieron.

La abracé con fuerza, sintiendo su dolor como si fuera mío.

—Lo siento tanto, Cassie. Sé lo mucho que significaba para ti —le dije—. Pero saldremos de esto juntos. Estoy aquí para lo que necesites.

Durante las semanas siguientes, me aseguré de estar a su lado, así como ella había estado siempre para mí. Nos reuníamos regularmente, ya fuera para buscar trabajo juntos, hablar de sus opciones o simplemente para distraernos un rato.

—He encontrado algunas vacantes interesantes —dijo un día, mostrándome su laptop—. ¿Me ayudarías con las aplicaciones?

—Por supuesto, Cassie. Vamos a conseguirte algo incluso mejor.

Trabajamos juntos en su currículum y cartas de presentación, asegurándonos de que reflejaran todo su talento y dedicación. Verla tan determinada me inspiraba a seguir adelante, incluso en mis propios desafíos.

Un par de meses después, Cassie recibió una llamada que cambió todo.

—Fernando, me llamaron para una entrevista —me dijo emocionada—. Es en una empresa que realmente me interesa.

—Eso es genial, Cassie. Sabía que algo bueno vendría. Vas a hacerlo increíble.

La ayudé a prepararse para la entrevista, practicando preguntas y asegurándonos de que se sintiera segura. Cuando llegó el día, estaba nerviosa, pero también emocionada.

—Deséame suerte —dijo antes de salir.

—No necesitas suerte, Cassie. Eres perfecta para esto. Solo sé tú misma.

Cassie me llamó después de la entrevista, su voz llena de emoción.

—¡Fernando, lo conseguí! —exclamó—. Me ofrecieron el trabajo.

—¡Cassie, eso es increíble! Estoy tan feliz por ti. Sabía que lo lograrías.

—Gracias por creer en mí, Fernando. No podría haberlo hecho sin tu apoyo.

Celebramos su nuevo trabajo con una pequeña reunión en su casa, rodeados de amigos y risas. Era un momento de felicidad y alivio, y me sentí increíblemente orgulloso de Cassie y de todo lo que había logrado.

—A Cassie —dijo Mara, levantando su copa—. Por su fortaleza y perseverancia. Eres una inspiración para todos nosotros.

—¡A Cassie! —coreamos todos, brindando por ella.

Cassie sonrió, visiblemente emocionada.

—Gracias, chicos. Tener amigos como ustedes hace todo más fácil.

A medida que pasaban los meses, nuestra amistad continuó fortaleciéndose. Nos apoyábamos mutuamente en cada paso del camino, enfrentando juntos los desafíos y celebrando las victorias.

Un día, mientras caminábamos por el parque, Cassie me confesó algo que había estado pensando.

—Fernando, he estado considerando volver a estudiar. Quiero especializarme más en mi campo y seguir creciendo.

—Eso suena increíble, Cassie. Estoy seguro de que harás un trabajo excelente. Tienes toda mi admiración y apoyo.

—Gracias, Fernando. Saber que estás aquí para mí hace que todo parezca posible.

Cassie se inscribió en un programa de posgrado y, aunque fue un desafío equilibrar el trabajo y los estudios, nunca perdió su espíritu positivo. Su determinación era inspiradora y me recordaba

constantemente la importancia de luchar por nuestros sueños.

Un día, mientras estudiábamos juntos en su casa, Cassie me miró con una expresión seria.

—Fernando, hay algo que siempre he querido decirte. Gracias por ser mi roca. No sé cómo habría superado todo sin ti.

—Cassie, tú también has sido mi roca. Nos hemos apoyado mutuamente en todo. Eso es lo que hace una amistad verdadera.

A medida que avanzaba en su programa de estudios, Cassie seguía destacándose. Su pasión y dedicación eran evidentes en todo lo que hacía, y pronto comenzó a recibir reconocimiento por su trabajo.

—Fernando, me han ofrecido una beca para continuar mis estudios en el extranjero —me dijo un día, emocionada pero también nerviosa.

—¡Cassie, eso es increíble! Sabía que tu talento te llevaría lejos. Estoy tan orgulloso de ti.

—Gracias, Fernando. Pero la idea de irme y estar lejos de todos me asusta un poco.

—Lo entiendo, Cassie. Pero esta es una oportunidad única. Y siempre estaremos aquí, apoyándote, sin importar la distancia.

La decisión no fue fácil, pero Cassie aceptó la beca y se preparó para su nueva aventura. La noche antes de su partida, organizamos una última cena en su honor.

—Cassie, te vamos a extrañar tanto —dijo Emily, con lágrimas en los ojos—. Pero sabemos que harás cosas increíbles.

—Gracias, Emily. Y gracias a todos ustedes. Tener amigos como ustedes me da la fuerza para seguir adelante.

El día de su partida, la acompañé al aeropuerto. La despedida fue emotiva, pero también llena de esperanza.

—Cuídate mucho, Cassie. Y no olvides mantenernos al tanto de todo lo que hagas.

—Lo haré, Fernando. Gracias por todo. Nuestra amistad significa el mundo para mí.

La abracé con fuerza, sabiendo que, aunque la distancia nos separara, nuestra amistad siempre sería fuerte.

Ver a Cassie enfrentar sus desafíos y seguir sus sueños me enseñó mucho sobre la verdadera amistad y el apoyo incondicional. Su presencia constante y su fortaleza fueron un faro en mi vida, guiándome y dándome fuerzas para seguir adelante. Mientras la veía embarcarse en su nueva aventura, supe que nuestra amistad siempre sería un vínculo inquebrantable, sin importar dónde estuviéramos en el mundo.

Capítulo 13: Primer Año Fuera de la Secundaria

El primer año fuera de la secundaria fue un torbellino de emociones y cambios. De repente, la estructura y la rutina a las que estaba acostumbrado desaparecieron, y me encontré enfrentando la incertidumbre del futuro. Mis amigas y yo tomamos caminos diferentes, pero nuestra amistad seguía siendo un ancla en medio de todas las novedades.

Un día, mientras tomaba un café en mi casa, recibí un mensaje de Emily.

—¡Hey, Fernando! ¿Nos reunimos este fin de semana? Hace mucho que no nos vemos todos.

—Claro, Emily. Extraño verlos a todos. ¿Dónde y cuándo? —respondí de inmediato.

—¿Qué tal el sábado en el parque? Podemos hacer un picnic.

—Perfecto. Nos vemos allí.

El sábado llegó rápidamente. Al llegar al parque, vi a Emily arreglando la manta y colocando comida. Mara y Cassie estaban allí también, riendo y charlando como si no hubiera pasado ni un día desde la última vez que nos vimos.

—¡Hola a todos! —dije, acercándome.

—¡Fernando! —exclamó Mara, levantándose para darme un abrazo—. ¡Qué bueno verte!

—Sí, ya era hora de que nos reuniéramos —añadió Cassie con una sonrisa.

Nos sentamos en la manta y comenzamos a comer, compartiendo historias sobre nuestras nuevas experiencias. Emily nos contó sobre sus proyectos de diseño gráfico, mientras que Mara hablaba emocionada sobre su negocio de joyas. Cassie compartió sus planes para su próximo semestre en el extranjero.

—Y tú, Fernando, ¿qué has estado haciendo? —preguntó Emily, mirándome con curiosidad.

—He estado trabajando en algunos proyectos personales y tratando de encontrar mi camino. Es un poco abrumador, pero también emocionante.

—Entiendo. Este año ha sido un gran cambio para todos nosotros —dijo Mara, asintiendo—. Pero es bueno saber que siempre tenemos a nuestros amigos para apoyarnos.

A medida que pasaban los meses, cada uno de nosotros se sumergía en sus nuevas vidas, pero siempre hacíamos tiempo para reunirnos. En una de esas ocasiones, fuimos a un concierto de una banda local que a todos nos encantaba.

—Esto me recuerda a cuando íbamos a conciertos en secundaria —dijo Cassie, mirando el escenario.

—Sí, aquellos eran buenos tiempos —añadí, sonriendo—. Pero también me gusta cómo estamos ahora, siguiendo nuestros propios caminos y creciendo.

—Tienes razón —dijo Mara—. Es increíble ver cómo todos estamos persiguiendo nuestros sueños.

Un día, después de un largo día de trabajo, recibí una llamada de Mara.

—Fernando, ¿puedes venir a mi tienda? Tengo algo que quiero mostrarte.

Curioso, fui a su tienda de joyas. Al llegar, me recibió
con una sonrisa radiante.

—Mira esto —dijo, mostrándome un collar exquisito—.
Es mi nuevo diseño. He trabajado mucho en esto y
finalmente está listo.

—Mara, es hermoso. Estoy seguro de que será un éxito.

—Gracias, Fernando. Tener amigos como tú que creen
en mí significa mucho.

La vida continuaba moviéndose rápidamente, y aunque
estábamos ocupados, siempre encontrábamos
momentos para estar juntos. Un día, Cassie organizó
una cena en su casa para celebrar el final de su primer
semestre en el extranjero.

—¡Es tan bueno estar de vuelta! —dijo Cassie, sirviendo
la comida—. Extrañé mucho esto.

—Nosotros también te extrañamos, Cassie —dijo Emily,
levantando su copa—. ¡Por la amistad y por estar
juntos!

—¡Por la amistad! —repetimos todos, brindando.

Durante la cena, Cassie nos contó sobre sus experiencias en el extranjero, desde las clases hasta las nuevas amistades que había hecho.

—Fue una experiencia increíble, pero también me hizo darme cuenta de lo afortunada que soy de tener amigos como ustedes —dijo Cassie, sonriendo—. No importa dónde esté, siempre los llevaré conmigo en mi corazón.

—Y nosotros a ti, Cassie —respondí, sintiendo un cálido sentimiento de gratitud.

Un día, mientras caminaba por la ciudad, me encontré con Mina, que había regresado de su viaje.

—¡Mina! —exclamé, sorprendido—. No sabía que habías vuelto.

—Sí, volví hace unos días. ¡Es tan bueno verte, Fernando!

Decidimos sentarnos en una cafetería cercana y ponernos al día. Mina tenía historias fascinantes sobre sus aventuras alrededor del mundo, cada una más emocionante que la anterior.

—Tu viaje suena increíble, Mina. Me alegra que hayas tenido esa experiencia.

—Sí, fue increíble. Pero también me hizo apreciar más lo que tengo aquí. Los extrañé mucho a todos.

A medida que avanzaba el año, comencé a sentirme más cómodo con mi nueva vida. Había momentos de duda e incertidumbre, pero sabía que podía contar con mis amigas para apoyarme.

Un día, mientras estábamos todos reunidos en casa de Emily, compartí mis sentimientos.

—Este año ha sido un gran cambio para mí. Ha habido momentos difíciles, pero tenerlos a ustedes me ha ayudado mucho.

—Nosotros también hemos tenido nuestros desafíos —dijo Emily—. Pero saber que estamos aquí el uno para el otro hace que todo sea más llevadero.

—Es cierto —añadió Mara—. No importa qué tan ocupados estemos, siempre encontraremos tiempo para apoyarnos.

Nuestro primer año fuera de la secundaria fue una montaña rusa de emociones y experiencias. Cada uno de nosotros estaba creciendo y cambiando, pero

nuestra amistad seguía siendo una constante, un ancla que nos mantenía conectados.

Un día, mientras caminábamos por el parque, Cassie compartió una reflexión que resonó con todos nosotros.

—He aprendido que, no importa a dónde nos lleven nuestras vidas, siempre tendremos esta amistad. Y eso es lo más importante.

—Tienes razón, Cassie —respondí, sintiendo una profunda gratitud—. Nuestra amistad es lo que nos mantiene fuertes.

A medida que nos despedíamos al final de ese día, supe que, sin importar los desafíos que el futuro nos deparara, siempre tendríamos el uno al otro. Nuestra amistad era un faro en medio de la incertidumbre, una fuente de fortaleza y consuelo.

El primer año fuera de la secundaria nos había enseñado muchas cosas, pero lo más importante era el valor de la amistad y el apoyo incondicional. Con mis amigas a mi lado, sabía que podíamos enfrentar cualquier cosa que la vida nos arrojara. Y mientras nos encaminábamos hacia el futuro, lo hacíamos juntos, más fuertes y más unidos que nunca.

Capítulo 14: La Primera Navidad

La primera Navidad después de la graduación fue un momento especial para todos nosotros. Aunque habíamos tomado caminos diferentes y la vida adulta nos estaba llevando por direcciones inesperadas, la festividad nos ofreció una oportunidad perfecta para reunirnos y celebrar nuestra amistad.

Días antes de Navidad, recibí un mensaje en nuestro grupo de WhatsApp.

Mara: ¿Qué les parece si organizamos una cena de Navidad? Ya sé que todos están ocupados, pero sería genial vernos y compartir un buen rato juntos.

Emily: ¡Me parece una idea genial! Necesito un respiro de tanto trabajo.

Cassie: ¡Contad conmigo! Podemos hacer un intercambio de regalos también, como hacíamos en la secundaria.

Mina: ¡Eso suena increíble! Estoy dentro.

Yo: Estoy de acuerdo. ¿Cuándo y dónde?

Después de un poco de coordinación, decidimos hacer la cena en casa de Cassie el 24 de diciembre.

El día de la cena, llegué un poco temprano para ayudar a Cassie con los preparativos. Al entrar, me recibió con una cálida sonrisa.

—¡Fernando! Gracias por venir temprano. Necesito ayuda con la decoración —dijo, entregándome una caja llena de adornos navideños.

—¡Claro! Nada como un poco de espíritu navideño —respondí, comenzando a colgar guirnaldas y luces.

Poco a poco, el resto del grupo fue llegando. Mina entró con una bolsa llena de regalos, seguida de Emily, que traía un pastel de Navidad casero, y Mara, que llevaba una enorme olla de ponche.

—Esto se ve increíble, chicas —dije, admirando la mesa decorada y la atmósfera festiva.

—Sí, definitivamente extrañaba estos momentos —dijo Mara, sirviendo el ponche—. Es como volver a la secundaria, pero mejor.

Nos sentamos alrededor de la mesa, riendo y charlando mientras disfrutábamos de la deliciosa cena que Cassie

había preparado. La conversación fluyó naturalmente, como siempre lo hacía cuando estábamos juntos.

—¿Recuerdan nuestra última Navidad en la secundaria? —preguntó Emily—. Fue tan divertida. Tuvimos un intercambio de regalos y tú, Fernando, te llevaste la peor broma de todas.

—¡Oh, sí! —respondí, riendo—. Me dieron una caja enorme llena de papel de regalo y, al final, solo había una nota que decía "Sigue buscando".

Todos estallaron en risas, recordando ese momento.

—Sí, pero también había un regalo real al final —dijo Cassie, sonriendo—. Un CD de nuestra banda favorita. Todavía lo tengo.

Después de la cena, nos sentamos en el salón junto al árbol de Navidad para el intercambio de regalos. Cassie repartió los regalos y nos miramos con expectación.

—Bueno, ¿quién empieza? —preguntó Mina, sosteniendo su regalo.

—Yo empezaré —dije, tomando mi regalo—. Este es para ti, Emily.

Emily abrió su regalo, encontrando un set de herramientas de diseño gráfico.

—¡Fernando, es perfecto! ¡Gracias! —dijo, abrazándome—. Sabes exactamente lo que necesito.

—Ahora me toca a mí —dijo Mara, entregándole un regalo a Mina—. Esto es para ti.

Mina abrió su regalo y encontró una guía de viajes.

—¡Mara, gracias! Es justo lo que necesitaba para mi próximo viaje.

Cada regalo estaba cuidadosamente elegido, mostrando cuánto nos conocíamos y apreciábamos. Al final del intercambio, todos estábamos llenos de gratitud y cariño.

—Me alegra tanto que hayamos hecho esto —dijo Cassie, sentada junto al árbol—. A veces la vida se siente tan abrumadora, pero tener momentos como este me recuerda lo afortunada que soy de tener amigos como ustedes.

—Totalmente de acuerdo —dijo Mina—. Hemos pasado por tanto juntos, y aunque estamos siguiendo nuestros propios caminos, siempre tendremos esta amistad.

—Sí, a veces me siento un poco perdido en todo este nuevo mundo de responsabilidades —admití—. Pero saber que tengo su apoyo significa mucho.

Emily, siempre la optimista, levantó su copa de ponche.

—Propongo un brindis. Por nuestra amistad, por los recuerdos que hemos creado y los sueños que aún están por venir.

—¡Por nuestra amistad! —coreamos todos, chocando nuestras copas.

La noche continuó con más historias y risas. Nos recordamos anécdotas de la secundaria y compartimos nuestros planes y sueños para el futuro. Mara estaba emocionada con la expansión de su negocio de joyas, Mina hablaba de su próximo destino de viaje, Emily compartía su progreso en el diseño gráfico, y Cassie hablaba con entusiasmo de sus estudios y sus nuevos proyectos.

—¿Y tú, Fernando? —preguntó Cassie—. ¿Qué sueños tienes para el futuro?

Me tomé un momento para pensar.

—Creo que, más que nada, quiero seguir descubriendo quién soy y encontrar algo que realmente me apasione. No tengo todas las respuestas todavía, pero estoy trabajando en ello.

—Eso es lo más importante —dijo Mara—. Seguir adelante y buscar lo que te hace feliz.

Al final de la noche, nos despedimos con abrazos y promesas de mantenernos en contacto. Mientras caminaba de regreso a casa, reflexioné sobre lo afortunado que era de tener a estas personas en mi vida. Nuestra amistad era un recordatorio constante de que, sin importar a dónde nos llevara la vida, siempre tendríamos un lugar seguro al que regresar.

Esa primera Navidad después de la graduación no solo fue una celebración de la festividad, sino también una celebración de nuestra amistad y de los lazos que habíamos construido a lo largo de los años. Con cada risa compartida y cada historia contada, nos recordamos a nosotros mismos que, aunque el futuro era incierto, siempre nos tendríamos el uno al otro para enfrentar cualquier desafío que viniera.

Capítulo 15: La Evolución de Mara

El negocio de joyas de Mara estaba despegando a una velocidad impresionante. Cada vez que pasaba por su tienda, veía más y más clientes admirando y comprando sus creaciones. Era un reflejo de su arduo trabajo, creatividad y dedicación. Para mí, su éxito era una fuente constante de inspiración, y me hacía reflexionar sobre mis propios sueños y metas.

Una tarde, decidí pasar por su tienda para felicitarla. Al entrar, me recibió con una cálida sonrisa y un abrazo.

—¡Fernando! Qué bueno verte —dijo Mara—. Estaba a punto de cerrar. ¿Quieres tomar un café y ponernos al día?

—Claro, me encantaría —respondí, sintiendo una mezcla de orgullo y alegría por ella.

Nos dirigimos a la cafetería cercana que solíamos frecuentar en nuestros días de secundaria. Pedimos nuestros cafés y nos sentamos junto a la ventana, observando el bullicio de la ciudad.

—Entonces, Mara, cuéntame todo. ¿Cómo te sientes con el éxito de tu tienda?

—Es increíble, Fernando. Ha sido mucho trabajo, pero ver cómo mi sueño se hace realidad es indescriptible. Todavía recuerdo cuando esto solo era una idea en mi cabeza.

—Y ahora es una realidad. Estoy muy orgulloso de ti.

Mara sonrió y tomó un sorbo de su café.

—Gracias, Fernando. Sabes, todo esto me ha hecho pensar mucho en el pasado, en cómo todos empezamos con nuestros sueños. Y también me pregunto, ¿cómo van los tuyos?

La pregunta me tomó por sorpresa. Había estado tan enfocado en apoyar a mis amigas y en encontrar mi camino que no me había detenido a pensar en mis propios sueños con tanta claridad.

—Bueno, todavía estoy en el proceso de descubrirlo. He estado trabajando en varios proyectos personales, pero aún no he encontrado algo que realmente me apasione como a ti con tus joyas.

—Eso es completamente normal —dijo Mara, asintiendo con comprensión—. No es fácil encontrar tu verdadera pasión. A veces toma tiempo, y otras veces, te sorprende cuando menos lo esperas.

Reflexioné sobre sus palabras mientras bebía mi café. La evolución de Mara era un testimonio de lo que se puede lograr con dedicación y trabajo duro. Me hizo darme cuenta de que, aunque aún no había encontrado mi propio camino, no estaba solo en mi búsqueda.

—Tienes razón, Mara. Supongo que solo necesito seguir explorando y mantenerme abierto a nuevas oportunidades.

—Exactamente. Y no olvides que siempre puedes contar conmigo para apoyarte en lo que decidas hacer. Somos amigos, después de todo.

Nos quedamos en silencio por un momento, disfrutando de la compañía y el café. Luego, Mara sacó una pequeña caja de su bolso.

—Quiero darte algo, Fernando. Es un regalo que hice especialmente para ti.

Abrí la caja con curiosidad y encontré un collar sencillo pero elegante con un pequeño colgante en forma de estrella.

—Es hermoso, Mara. ¿Qué significa la estrella?

—Para mí, la estrella simboliza la búsqueda de nuestros sueños. Quiero que lo tengas como un recordatorio de que siempre debes seguir buscando tu propia estrella.

Sentí una oleada de gratitud y emoción al escuchar sus palabras.

—Gracias, Mara. Este regalo significa mucho para mí. Lo llevaré siempre como recordatorio de nuestra amistad y de la importancia de seguir mis sueños.

Después de nuestra conversación, regresé a casa sintiéndome inspirado y decidido a explorar nuevas posibilidades. Me di cuenta de que, aunque aún no había encontrado mi camino, tenía el apoyo de amigos como Mara, y eso era un gran motivador.

Los días siguientes, comencé a trabajar en un nuevo proyecto que había estado rondando en mi mente. Decidí escribir un blog sobre mis experiencias y reflexiones, un espacio donde pudiera compartir mis

pensamientos y quizás inspirar a otros que también estuvieran en busca de sus propios sueños.

Una tarde, mientras escribía en mi blog, recibí una llamada de Emily.

—¡Fernando! He estado leyendo tu blog y quiero decirte que es increíble. Tu forma de escribir es tan honesta y auténtica. Estoy segura de que muchas personas se sentirán inspiradas por tus palabras.

—Gracias, Emily. Significa mucho para mí escuchar eso. Realmente estoy disfrutando escribir y compartir mis pensamientos.

—Sabes, tengo algunos contactos en la industria del diseño gráfico que podrían ayudarte a promocionar tu blog. ¿Te gustaría que te pusiera en contacto con ellos?

—¡Eso sería genial! Gracias por el apoyo, Emily.

Con la ayuda de Emily, mi blog comenzó a ganar seguidores. Cada vez más personas leían y comentaban, compartiendo sus propias experiencias y reflexiones. Sentí que finalmente estaba encontrando algo que realmente me apasionaba y me daba un sentido de propósito.

Un día, mientras trabajaba en una nueva entrada, recibí un mensaje de Mara.

Mara: ¡Fernando! Acabo de ver tu blog. Estoy tan orgullosa de ti. Sabía que encontrarías tu camino.

Yo: Gracias, Mara. Tu apoyo y tu ejemplo me han inspirado mucho. No podría haberlo hecho sin ti.

Mara: Siempre estaré aquí para ti. ¿Te gustaría hacer una colaboración en mi tienda? Podrías escribir sobre el proceso creativo detrás de mis joyas.

Yo: ¡Me encantaría! Sería una gran oportunidad.

La colaboración con Mara fue un éxito. Escribí una serie de entradas sobre su proceso creativo, destacando la dedicación y la pasión que ponía en cada pieza de joyería. Los lectores quedaron fascinados por su historia y su arte, y la tienda de Mara atrajo aún más clientes.

Mientras tanto, mi blog seguía creciendo, y cada día sentía más confianza en mi capacidad para escribir y conectar con los demás. A través de este proceso, me di cuenta de que, aunque aún tenía mucho por descubrir, estaba en el camino correcto.

Una tarde, nos reunimos todos en casa de Mina para celebrar nuestros éxitos y compartir nuestras experiencias.

—Estoy tan feliz de ver cómo todos estamos logrando nuestros sueños —dijo Mina, levantando su copa—. Y lo mejor de todo es que seguimos apoyándonos unos a otros.

—Sí, hemos crecido mucho desde nuestros días de secundaria —dijo Cassie, sonriendo—. Pero nuestra amistad sigue siendo tan fuerte como siempre.

—A veces, el camino no es claro, pero es más fácil de recorrer con amigos como ustedes —dije, sintiendo una profunda gratitud por tenerlos en mi vida.

Esa noche, mientras caminaba a casa, reflexioné sobre todo lo que había pasado desde nuestra graduación. Habíamos enfrentado desafíos y cambios, pero nuestra amistad nos había mantenido unidos y nos había ayudado a crecer.

La evolución de Mara me había inspirado a seguir mis propios sueños, y me di cuenta de que, con dedicación y el apoyo de amigos, todo es posible. Aunque aún tenía mucho por aprender y descubrir, sabía que no estaba

solo en mi viaje. Tenía a mis amigas, y eso era todo lo que necesitaba para seguir adelante.

Capítulo 16: Cartas de Mina

Desde que Mina se embarcó en su viaje por el mundo, hemos mantenido el contacto a través de cartas. Aunque vivimos en una era digital, ella prefería la calidez y la nostalgia de las cartas escritas a mano. Cada carta que recibía de ella era una ventana a sus aventuras y una fuente de inspiración para mis propios deseos de explorar.

La primera carta llegó un par de semanas después de que Mina se fue. Al abrir el sobre, sentí la emoción de leer sus palabras.

Querido Fernando,

Estoy en París, y es tan hermoso como siempre lo imaginé. Los días aquí están llenos de paseos por el Sena, visitas a museos y degustaciones de croissants frescos en pequeñas cafeterías. Me encantaría que estuvieras aquí para compartir estas experiencias conmigo.

Ayer visité la Torre Eiffel y no pude evitar pensar en lo increíble que sería verla juntos. Espero que estés bien y que encuentres tiempo para seguir tus propias aventuras.

Con cariño, Mina.

Leí la carta varias veces, imaginando a Mina caminando por las calles de París, viviendo sus sueños. Sus palabras despertaron en mí una sensación de inquietud y un deseo latente de explorar el mundo por mí mismo. Respondí rápidamente, animado por su entusiasmo.

Querida Mina,

Me alegra tanto escuchar que estás disfrutando de París. Suena maravilloso y estoy seguro de que estás aprovechando cada momento. Aquí todo va bien. He estado trabajando en mi blog y disfrutando del apoyo de nuestros amigos.

Tus aventuras me inspiran a considerar mis propios deseos de explorar. Quizás algún día tome el valor de seguir tus pasos y ver el mundo con mis propios ojos.

Cuídate mucho y sigue enviando tus cartas. Son una fuente de alegría para mí.

Con afecto, Fernando.

Las cartas de Mina siguieron llegando, cada una desde un lugar diferente. Desde Londres, me habló de los encantos de los mercadillos y los históricos monumentos; desde Roma, de la majestuosidad del Coliseo y la belleza de las calles adoquinadas. Cada carta era un testimonio de su pasión por descubrir nuevas culturas y paisajes.

Una tarde, mientras revisaba el correo, encontré otro sobre de Mina. Esta vez, desde Tokio.

Querido Fernando,

Tokio es una ciudad que desafía todas mis expectativas. La mezcla de tradición y modernidad aquí es fascinante. He visitado templos antiguos y he probado la mejor comida que jamás haya comido.

Anoche, mientras caminaba por el barrio de Shibuya, pensé en ti. Estoy segura de que te encantaría la energía y la vitalidad de este lugar. Espero que estés bien y que sigas encontrando inspiración en tu vida diaria.

Con todo mi cariño, Mina.

Las cartas de Mina no solo eran una ventana a sus aventuras, sino también un espejo que reflejaba mis

propias ansias de aventura. Decidí compartir mis
pensamientos con ella, esperando su consejo y apoyo.

Querida Mina,

Tus descripciones de Tokio son increíbles. Puedo
imaginarme caminando por esas calles y disfrutando de
cada experiencia nueva. He estado pensando mucho en
mis propios deseos de explorar. Quiero seguir tus pasos
y descubrir el mundo más allá de lo que conozco.

Gracias por inspirarme y por compartir tus aventuras
conmigo. Estoy empezando a planear mi propio viaje y
me encantaría escuchar tus consejos.

Con afecto, Fernando.

Mina respondió rápidamente, su entusiasmo era
palpable incluso en sus letras.

Querido Fernando,

Me emociona tanto saber que estás considerando tus
propios viajes. Mi mayor consejo es que sigas tu
intuición y que te permitas disfrutar cada momento.
Viajar no solo se trata de ver lugares nuevos, sino
también de descubrirte a ti mismo en el proceso.

Planea bien, pero también deja espacio para la espontaneidad. Estoy segura de que encontrarás experiencias que te cambiarán la vida. Estoy aquí para ayudarte en todo lo que necesites.

Con mucho cariño, Mina.

Con el apoyo de Mina, comencé a planear mi propio viaje. Decidí empezar por Europa, un continente lleno de historia y diversidad cultural. Me emocionaba la idea de caminar por las mismas calles que Mina había descrito en sus cartas y de vivir mis propias aventuras.

Antes de partir, recibí una última carta de Mina, esta vez desde Berlín.

Querido Fernando,

Me alegra tanto saber que te has decidido a viajar. Berlín es una ciudad increíble, llena de historia y energía creativa. Estoy segura de que disfrutarás cada momento de tu viaje.

Recuerda, lo más importante es mantener una mente abierta y un corazón dispuesto a aprender. Estoy muy orgullosa de ti por dar este paso. Espero con ansias escuchar todas tus historias y aventuras.

Con amor, Mina.

La carta de Mina fue el impulso final que necesitaba. Preparé mis maletas y me despedí de mis amigos, prometiéndoles mantenernos en contacto y compartir mis experiencias. La noche antes de mi partida, me reuní con Mara, Emily y Cassie para una cena de despedida.

—Estoy tan emocionada por ti, Fernando —dijo Emily, levantando su copa—. Este viaje será increíble.

—Sí, te envidio un poco —bromeó Cassie—. Estoy segura de que tendrás experiencias inolvidables.

—Y no olvides tomar muchas fotos y enviarnos cartas, como Mina hace contigo —añadió Mara.

—Lo haré —respondí, sonriendo—. Gracias por todo su apoyo. No podría haber llegado hasta aquí sin ustedes y sin Mina.

El día de mi partida, me desperté temprano, con una mezcla de nervios y emoción. Mientras esperaba en el aeropuerto, saqué una de las cartas de Mina y la leí nuevamente, sintiendo su presencia y su ánimo conmigo.

El avión despegó, y mientras veía cómo la ciudad se hacía pequeña bajo mis pies, sentí una nueva sensación de libertad y posibilidad. Las palabras de Mina resonaban en mi mente: "Viajar no solo se trata de ver lugares nuevos, sino también de descubrirte a ti mismo en el proceso."

Mi primer destino fue París, la ciudad que tanto había fascinado a Mina. Al caminar por las mismas calles que ella había descrito, sentí una conexión profunda con su experiencia y una renovada determinación para vivir cada momento al máximo. Visité la Torre Eiffel, los museos, y disfruté de los cafés, dejándome llevar por el encanto de la ciudad.

Mientras me adentraba en mis propias aventuras, continué recibiendo cartas de Mina, cada una llena de historias y consejos que me ayudaban a navegar este nuevo capítulo de mi vida. Sus palabras eran un recordatorio constante de que, aunque estuviéramos en diferentes partes del mundo, nuestra amistad y nuestros sueños nos mantenían unidos.

La inspiración que encontraba en las cartas de Mina me motivaba a seguir explorando, no solo el mundo, sino también mi propio ser. Cada día era una nueva oportunidad para aprender, crecer y descubrir lo que realmente importaba. Y así, con cada paso que daba,

sentía que estaba un poco más cerca de encontrar mi propio lugar en el mundo.

Capítulo 17: Proyectos de Emily

Los proyectos de Emily siempre me han fascinado. Desde que encontró su pasión por el diseño gráfico, su creatividad y talento no han dejado de sorprenderme. Cada vez que nos reunimos, me cuenta sobre sus últimos trabajos con una mezcla de entusiasmo y modestia que me hace sentir orgulloso de ser su amigo.

Una tarde, mientras caminaba por el parque, recibí un mensaje de Emily:

Emily: ¡Fernando! ¿Tienes tiempo para un café esta tarde? Tengo algo emocionante que compartir contigo.

Yo: ¡Claro, Emily! Nos vemos en nuestra cafetería de siempre a las 5.

Llegué un poco antes de lo previsto, con curiosidad por lo que Emily tenía para contarme. Ella llegó puntual, con una sonrisa radiante y una carpeta bajo el brazo. Nos saludamos con un abrazo y nos sentamos en nuestra mesa habitual.

—Hola, Fernando. Estoy tan emocionada de mostrarte esto —dijo Emily, abriendo la carpeta y sacando una serie de bocetos y diseños.

—¿Qué es todo esto? —pregunté, observando los detalles intrincados y la creatividad desbordante de sus dibujos.

—Es mi nuevo proyecto. Me han contratado para diseñar la identidad visual de una nueva marca de moda sostenible. Es un proyecto muy importante para mí, y estoy muy orgullosa de cómo está resultando.

Pasé las páginas con atención, admirando cada diseño. Los colores, las formas, todo hablaba del talento y la dedicación de Emily.

—Emily, esto es increíble. Cada diseño es único y refleja perfectamente el concepto de sostenibilidad. Estoy realmente impresionado.

—Gracias, Fernando. Significa mucho para mí escuchar eso. He puesto todo mi corazón en este proyecto y ha sido un desafío, pero también una experiencia muy gratificante.

Nos quedamos en silencio por un momento, disfrutando del café y la compañía. Luego, Emily continuó hablando sobre el proceso creativo y los retos que había enfrentado.

—Uno de los mayores desafíos fue encontrar un equilibrio entre la estética y la funcionalidad. Quería que cada pieza fuera hermosa, pero también práctica y respetuosa con el medio ambiente. Ha sido una curva de aprendizaje, pero siento que estoy creciendo mucho como diseñadora.

—Y eso se nota en tu trabajo. Estoy seguro de que la marca quedará encantada con estos diseños. Tienes un talento increíble, Emily.

Emily sonrió, agradecida por mis palabras. Luego, me miró con curiosidad.

—¿Y tú, Fernando? ¿Cómo van tus proyectos? He leído tus últimas entradas en el blog y me han parecido muy inspiradoras.

—Gracias, Emily. He estado disfrutando mucho de escribir y compartir mis pensamientos. También he estado considerando la posibilidad de colaborar con otros creadores y expandir el blog a diferentes plataformas.

—Eso suena genial. Estoy segura de que tendrás éxito. Y si necesitas ayuda con el diseño o cualquier otra cosa, sabes que puedes contar conmigo.

La generosidad de Emily siempre me ha conmovido. A pesar de estar ocupada con sus propios proyectos, siempre encuentra tiempo para apoyar a sus amigos.

—Gracias, Emily. Tu apoyo significa mucho para mí. Estoy muy orgulloso de todo lo que has logrado y de cómo sigues persiguiendo tus sueños con tanta determinación.

—Y yo estoy orgullosa de ti, Fernando. Has encontrado una forma de expresarte y de conectar con los demás a través de tu escritura. Eso es algo muy especial.

Continuamos hablando sobre nuestros proyectos y sueños, compartiendo ideas y apoyándonos mutuamente. La conversación fluía con facilidad, como siempre lo había hecho entre nosotros.

Al despedirnos, Emily me entregó uno de sus bocetos como regalo. Era un diseño sencillo pero hermoso, que simbolizaba la conexión entre creatividad y sostenibilidad.

—Quiero que tengas esto, Fernando. Es un recordatorio de que siempre debemos seguir nuestros sueños y buscar formas de hacer del mundo un lugar mejor.

—Gracias, Emily. Lo guardaré con mucho cariño.

Caminé de regreso a casa, sintiéndome inspirado y motivado por nuestra conversación. La pasión y el talento de Emily me recordaban la importancia de seguir mis propias aspiraciones y de buscar siempre nuevas formas de crecer y aprender.

Los días siguientes, seguí trabajando en mi blog y explorando nuevas ideas. Sentía una energía renovada y una claridad en mis objetivos que no había tenido antes. Emily y sus proyectos eran un ejemplo vivo de lo que se podía lograr con dedicación y creatividad.

Unas semanas después, recibí una llamada de Emily.

—Fernando, tengo una gran noticia. La marca para la que he estado trabajando ha lanzado oficialmente su línea de productos, y han recibido excelentes críticas. ¡Estoy tan feliz!

—¡Eso es increíble, Emily! Sabía que lo lograrías. Tu trabajo es excepcional, y mereces todo el reconocimiento.

—Gracias, Fernando. Y hay algo más. Me han invitado a dar una charla en una conferencia de diseño sobre mi trabajo en este proyecto. Estoy un poco nerviosa, pero también emocionada.

—Vas a hacerlo genial. Tienes mucho que compartir y estoy seguro de que inspirarás a muchas personas con tu historia y tu talento.

Emily me invitó a asistir a su charla, y acepté con entusiasmo. El día de la conferencia, me senté en la audiencia, observando cómo Emily se preparaba para hablar. Su presentación fue magistral. Habló con pasión y claridad sobre su proceso creativo, los retos que había enfrentado y la importancia de la sostenibilidad en el diseño. Al final, recibió una ovación de pie.

Después de la charla, me acerqué a felicitarla.

—Emily, estuviste increíble. Tu presentación fue muy inspiradora.

—Gracias, Fernando. No podría haberlo hecho sin tu apoyo.

La evolución de Emily y sus logros eran un testimonio de su talento y su dedicación. Me sentía orgulloso de ella y agradecido por tenerla como amiga. Sus proyectos no solo eran un éxito profesional, sino también una fuente constante de inspiración para mí y para todos los que tenían la suerte de conocerla.

De vuelta en casa, reflexioné sobre nuestra amistad y el impacto que Emily había tenido en mi vida. Sus logros me recordaban la importancia de perseguir mis propios sueños y de apoyar a quienes me rodean en sus propios viajes.

La vida estaba llena de desafíos y oportunidades, y con amigos como Emily, sabía que podía enfrentar cualquier cosa. Mientras escribía una nueva entrada en mi blog, sentí una profunda gratitud por nuestra amistad y por la inspiración que encontraba en su trabajo y en su espíritu inquebrantable.

Y así, con cada paso que daba en mi propio camino, llevaba conmigo las lecciones y el ejemplo de Emily, sabiendo que, juntos, podíamos lograr cualquier cosa.

Capítulo 18: Cassie, la Inquebrantable

La vida tiene una forma extraña de lanzarnos desafíos cuando menos los esperamos. Cassie siempre ha sido una constante en mi vida, un ancla en tiempos de incertidumbre. A pesar de sus propios problemas, siempre encuentra tiempo para mí, demostrando una y otra vez su inquebrantable amistad.

Una tarde de otoño, me encontré sentado en el parque, mirando las hojas caer mientras pensaba en todo lo que había sucedido en los últimos meses. Mi teléfono vibró, sacándome de mis pensamientos. Era un mensaje de Cassie.

Cassie: ¿Te apetece un café y una charla? Tengo algo que contarte.

Yo: Por supuesto, ¿nos encontramos en nuestra cafetería de siempre en media hora?

Cassie: Perfecto, nos vemos allí.

Llegué a la cafetería unos minutos antes y pedí nuestros cafés habituales. Cassie llegó poco después,

con su característica sonrisa que siempre lograba levantarme el ánimo. Nos sentamos en nuestra mesa favorita, cerca de la ventana.

—Hola, Fernando. Gracias por venir. Necesitaba hablar con alguien —dijo, tomando un sorbo de su café.

—Sabes que siempre estoy aquí para ti, Cassie. ¿Qué está pasando?

—He estado pasando por algunos problemas en el trabajo. La carga de trabajo es abrumadora y no estoy segura de cómo manejar todo. Además, he tenido algunos problemas personales que han complicado aún más las cosas.

La miré, sintiendo una profunda empatía por todo lo que estaba enfrentando. Cassie siempre había sido la fuerte, la que mantenía todo bajo control. Verla así me preocupaba.

—Lo siento mucho, Cassie. Debe ser realmente difícil para ti. ¿Hay algo que pueda hacer para ayudarte?

—Solo hablar contigo ya me ayuda mucho. Eres un gran apoyo, Fernando. A veces, solo necesito un oído amigo para sentirme un poco mejor.

—Siempre puedes contar conmigo. ¿Has pensado en hablar con alguien en el trabajo sobre la carga de trabajo? Quizás puedan redistribuir algunas tareas.

—Sí, lo he considerado. Creo que voy a hablar con mi jefe la próxima semana. Pero, por ahora, necesito centrarme en mantener mi equilibrio y cuidar de mí misma.

Asentí, comprendiendo la importancia de lo que decía. A veces, simplemente ser escuchado y comprendido puede hacer una gran diferencia.

—¿Recuerdas cuando estábamos en la secundaria y tú eras la que siempre nos mantenía a todos unidos? — dije, sonriendo.

—Sí, lo recuerdo. Esos fueron buenos tiempos. Aunque, honestamente, no me sentía tan fuerte como todos pensaban. Solo intentaba hacer lo mejor que podía por todos nosotros.

—Y lo hiciste muy bien. Has sido una roca para nosotros, Cassie. Es hora de que dejes que otros sean una roca para ti.

Cassie me miró, sus ojos llenos de gratitud.

—Gracias, Fernando. Realmente significa mucho para mí escuchar eso. A veces, es difícil admitir que necesitas ayuda, incluso a tus amigos más cercanos.

—No tienes que enfrentar todo sola. Estamos aquí para ti, siempre.

Pasamos el resto de la tarde hablando sobre nuestras vidas, recordando viejos tiempos y riéndonos de las tonterías que solíamos hacer en la secundaria. A medida que hablábamos, podía ver que Cassie se relajaba un poco, aliviada de poder compartir sus cargas.

Un par de semanas después, recibí una llamada de Cassie.

—Hola, Fernando. Quería contarte que hablé con mi jefe y fue realmente comprensivo. Hemos redistribuido algunas de mis tareas y me siento mucho más aliviada.

—¡Eso es genial, Cassie! Me alegra tanto escuchar eso. Sabía que todo saldría bien.

—Sí, gracias por tu consejo. Y hay algo más. He empezado a ir a terapia para trabajar en mis problemas personales. Siento que es el momento de enfrentar algunas cosas que he estado evitando.

—Eso es muy valiente de tu parte, Cassie. Estoy muy orgulloso de ti.

La valentía de Cassie y su disposición a enfrentar sus problemas me inspiraban. Su amistad inquebrantable y su capacidad para sobrellevar los desafíos me recordaban la importancia de apoyarse en los demás.

Unos meses después, decidimos hacer un viaje de fin de semana a las montañas para relajarnos y desconectar de la rutina diaria. Mientras caminábamos por los senderos, Cassie me habló de cómo había cambiado su perspectiva sobre muchas cosas.

—Fernando, este tiempo en la naturaleza me ha ayudado a darme cuenta de lo importante que es cuidarse a uno mismo. He aprendido que está bien pedir ayuda y que no necesito ser fuerte todo el tiempo.

—Me alegra escuchar eso, Cassie. Todos necesitamos recordar eso a veces. Me inspiras con tu fuerza y tu vulnerabilidad.

Llegamos a un mirador con una vista impresionante de las montañas. Nos sentamos en una roca grande y observamos el paisaje en silencio por un momento.

—Este lugar es increíble —dijo Cassie, respirando profundamente—. Me hace sentir en paz.

—A mí también. Es un recordatorio de que hay belleza y tranquilidad incluso en medio del caos.

Pasamos el resto del día explorando, disfrutando de la compañía mutua y hablando sobre nuestras esperanzas y sueños para el futuro. La conexión entre nosotros se fortalecía con cada conversación, cada risa compartida.

De regreso en la ciudad, la vida volvió a su ritmo habitual, pero la influencia de ese fin de semana permaneció. Cassie continuó trabajando en sus desafíos, encontrando un equilibrio mejorado en su vida.

Una noche, mientras cenábamos en su apartamento, Cassie me dijo algo que me conmovió profundamente.

—Fernando, quiero agradecerte por siempre estar ahí para mí. No sé qué haría sin tu amistad. Me has ayudado a encontrar fuerzas cuando más lo necesitaba.

—Y tú has sido una fuente constante de apoyo para mí, Cassie. Nuestra amistad es uno de los mayores regalos de mi vida. Estoy aquí para ti, siempre.

La miré, sintiendo una profunda gratitud por nuestra conexión. Cassie y yo habíamos compartido tantas experiencias, y su presencia en mi vida era una constante en la que siempre podía confiar.

Los desafíos de la vida continuarían viniendo, pero con amigos como Cassie, sabía que tenía un ancla, alguien en quien apoyarme en los momentos de incertidumbre. Su inquebrantable amistad me recordaba la importancia de estar ahí para los demás y de aceptar ayuda cuando la necesitaba.

Y así, con cada día que pasaba, agradecía tener a Cassie en mi vida, sabiendo que juntos podíamos enfrentar cualquier desafío y seguir adelante, más fuertes y más unidos que nunca.

Capítulo 19: Segundo Año Fuera de la Secundaria

El segundo año después de la secundaria fue una mezcla de emociones y experiencias. Mientras mis amigas avanzaban con éxito en sus respectivas vidas, yo me encontraba luchando con mis propios demonios. Sentía una especie de vacío y confusión, una sensación de estar atrapado mientras el mundo a mi alrededor seguía moviéndose a toda velocidad.

Una mañana, mientras tomaba café en mi pequeño apartamento, recibí un mensaje de Mina. Estaba de vuelta en la ciudad después de su viaje por el mundo y quería reunirse con todos nosotros.

Mina: ¡Fernando! Estoy de vuelta en la ciudad por unas semanas. ¿Nos reunimos todos el sábado?

Yo: ¡Claro! Me encantaría verte y ponernos al día. ¿A qué hora y dónde?

Mina: ¿Qué tal en mi casa a las 7? Prepararé algo de comer.

El sábado llegó y, con una mezcla de emoción y ansiedad, me dirigí a la casa de Mina. Sabía que ver a mis amigas sería genial, pero no podía evitar sentirme un poco fuera de lugar, como si no estuviera a la altura de sus logros.

Cuando llegué, fui recibido con abrazos y sonrisas. Mina estaba radiante, Emily lucía más segura que nunca, y Cassie parecía más tranquila y feliz.

—¡Fernando! —exclamó Mina, dándome un fuerte abrazo—. ¡Qué alegría verte!

—¡Mina! Te he extrañado. Cuéntame, ¿cómo fue tu viaje?

—Fue increíble. Vi lugares asombrosos, conocí gente maravillosa y aprendí mucho sobre mí misma. Pero ya tendremos tiempo de hablar de eso. Vamos, entremos. Emily y Cassie ya están aquí.

Entramos a la sala, donde Emily y Cassie estaban charlando animadamente.

—¡Fernando! —dijo Emily, levantándose para abrazarme—. ¡Qué bueno verte!

—Hola, Emily. Cassie, ¿cómo están?

—Estamos bien, Fernando —respondió Cassie—.
Hemos estado hablando sobre lo ocupadas que han
sido nuestras vidas últimamente. ¿Y tú? ¿Cómo has
estado?

—He estado bien —mentí, intentando sonar
convincente—. He estado trabajando en algunos
proyectos personales y tratando de encontrar mi
camino.

Nos sentamos a cenar y la conversación fluyó con
facilidad. Hablamos sobre los éxitos de Emily en el
diseño gráfico, los avances de Cassie en su trabajo, y las
increíbles aventuras de Mina alrededor del mundo.
Mientras escuchaba, no podía evitar sentirme pequeño
en comparación.

Después de la cena, nos sentamos en el sofá con unas
copas de vino. Cassie, siempre perceptiva, notó que
estaba un poco callado.

—Fernando, ¿estás bien? Pareces un poco distante.

Suspiré, sintiendo que ya no podía seguir fingiendo.

—La verdad, he estado luchando un poco. Siento que
todos ustedes están logrando tantas cosas increíbles, y

yo... simplemente me siento estancado. No sé qué estoy haciendo con mi vida.

Mina se acercó y me puso una mano en el hombro.

—Fernando, todos tenemos nuestras propias luchas. Solo porque no siempre las mostramos, no significa que no existan. Lo importante es que sigas buscando lo que te hace feliz y no te compares con los demás.

Emily asintió.

—Mina tiene razón. Todos enfrentamos desafíos, incluso si no siempre son visibles. Y tú también has logrado cosas increíbles, aunque quizás no las veas de la misma manera.

Cassie tomó mi mano.

—Estamos aquí para ti, Fernando. No estás solo en esto. Todos pasamos por momentos difíciles, pero lo importante es seguir adelante y apoyarnos mutuamente.

Sus palabras me dieron un poco de consuelo. Sabía que no estaba solo, pero a veces era difícil recordarlo. Decidí abrirme más sobre lo que había estado sintiendo.

—Gracias, chicas. De verdad. Ha sido difícil ver cómo todos avanzan mientras yo me siento atrapado. He estado luchando con la ansiedad y la falta de dirección. Es como si no supiera quién soy o qué quiero hacer.

Mina me abrazó.

—Está bien sentirte así, Fernando. Es parte del proceso de crecimiento. Lo importante es que no te rindas y sigas buscando tu camino.

Emily agregó:

—Y recuerda que estamos aquí para apoyarte. Puedes hablar con nosotros cuando lo necesites.

Pasamos el resto de la noche hablando, riendo y recordando viejos tiempos. Poco a poco, empecé a sentirme un poco mejor, más conectado y menos solo.

Los días siguientes, decidí tomar algunas medidas para enfrentar mis demonios. Comencé a ver a un terapeuta para trabajar en mi ansiedad y explorar mis intereses y metas. Aunque era un proceso difícil y lento, sentía que estaba empezando a avanzar.

Una tarde, mientras caminaba por el parque, recibí una llamada de Cassie.

—Hola, Fernando. ¿Te gustaría acompañarme a un taller de mindfulness este fin de semana? Creo que podría ser bueno para ambos.

—Me encantaría, Cassie. Gracias por pensar en mí.

El taller fue una experiencia reveladora. Aprendí técnicas para manejar mi ansiedad y encontrar un poco de paz interior. Cassie estuvo a mi lado todo el tiempo, recordándome que no estaba solo en mi lucha.

Después del taller, nos sentamos en un banco del parque.

—Gracias por invitarme, Cassie. Esto realmente me ha ayudado.

—Me alegra escuchar eso, Fernando. Sabes que siempre estoy aquí para ti.

A medida que avanzaba el segundo año fuera de la secundaria, comencé a sentirme más en control de mi vida. No fue fácil, y hubo muchos días difíciles, pero con el apoyo de mis amigas, sentía que podía enfrentar cualquier cosa.

Una noche, mientras estábamos todos reunidos para una cena, miré a mis amigas y sentí una profunda gratitud por tenerlas en mi vida.

—Gracias por estar siempre ahí para mí —dije, levantando mi copa—. No sé qué haría sin ustedes.

Mina sonrió.

—Nosotros tampoco sabríamos qué hacer sin ti, Fernando. Somos un equipo.

Emily agregó:

—Y juntos, podemos enfrentar cualquier cosa.

Cassie asintió.

—Siempre estaremos aquí para apoyarnos mutuamente, sin importar qué desafíos enfrente cada uno de nosotros.

Con esas palabras, sentí una renovada esperanza y determinación. Sabía que aún tenía un largo camino por delante, pero con amigas como ellas, estaba listo para enfrentar cualquier cosa que la vida me arrojara.

Y así, con cada día que pasaba, seguía trabajando en mí mismo, agradecido por la amistad inquebrantable de Mina, Emily y Cassie. Juntos, podíamos superar cualquier desafío y encontrar nuestro camino en el mundo, uno paso a la vez.

Capítulo 20: La Propuesta de Mara

El segundo año fuera de la secundaria fue una montaña rusa emocional, llena de desafíos y momentos de auto-reflexión. Me encontraba en un punto donde buscaba algo que me diera propósito y dirección. Fue en este contexto que la propuesta de Mara llegó, sacudiendo mi mundo de una manera inesperada.

Una tarde, mientras revisaba algunos correos electrónicos, mi teléfono sonó. Era un mensaje de Mara.

Mara: Hola, Fernando. ¿Podemos hablar? Tengo una propuesta interesante para ti.

Yo: Claro, ¿cuándo y dónde?

Mara: ¿Qué tal en mi estudio mañana a las 4 PM?

Yo: Perfecto. Nos vemos entonces.

Al día siguiente, me dirigí al estudio de Mara con una mezcla de curiosidad y nerviosismo. Su negocio de joyas había despegado increíblemente en el último año,

y me sentía orgulloso de ella. Al entrar, fui recibido por una cálida sonrisa y un abrazo.

—¡Fernando! Qué alegría verte. Pasa, siéntate. ¿Quieres un café?

—Hola, Mara. Claro, un café estaría bien. Gracias.

Mientras preparaba el café, no pude evitar notar lo vibrante que estaba su estudio. Las joyas brillaban en vitrinas elegantemente iluminadas, y el ambiente estaba lleno de creatividad y energía.

—Entonces, ¿de qué se trata esta propuesta? —pregunté, tratando de mantener la calma mientras aceptaba la taza de café que Mara me ofrecía.

—Bueno, Fernando, he estado pensando mucho en el futuro de mi negocio. Estoy muy contenta con el crecimiento que hemos tenido, pero creo que es hora de expandirnos. Y para eso, necesito a alguien en quien confíe plenamente y que tenga una visión fresca y diferente. Me preguntaba si considerarías unirte a mí como socio.

Me quedé en silencio por un momento, procesando sus palabras. La oferta era tentadora y, sin duda, un gran honor, pero también sentía una oleada de dudas.

—Wow, Mara. No sé qué decir. Es una oferta increíble, pero no estoy seguro de estar a la altura. Tú sabes que no tengo experiencia en este tipo de negocios.

—Eso no importa, Fernando. Lo que necesito es alguien con tu integridad, creatividad y capacidad de aprendizaje. Puedo enseñarte lo que necesitas saber sobre el negocio, pero no puedo enseñar la pasión y el compromiso que sé que tienes.

La sinceridad en sus palabras me conmovió. Sentía una mezcla de emociones: gratitud, miedo, excitación. Sabía que esta decisión no solo afectaría mi carrera, sino también nuestra amistad.

—Mara, estoy honrado por tu confianza en mí. De verdad. Pero necesito tiempo para pensarlo. Es una gran responsabilidad y quiero estar seguro de que puedo hacerlo bien.

—Por supuesto, Fernando. Tómate el tiempo que necesites. Solo quiero que sepas que confío en ti y creo que juntos podemos lograr cosas increíbles.

Nos quedamos un rato más hablando sobre los planes de expansión y las ideas que tenía para el negocio. La pasión de Mara era contagiosa y, a medida que

escuchaba, empezaba a imaginarme formando parte de algo tan significativo.

Esa noche, me costó dormir. Mi mente estaba llena de pensamientos sobre la propuesta de Mara y lo que significaría para mi futuro. Decidí hablar con Cassie al día siguiente, sabiendo que siempre tenía una perspectiva sabia y equilibrada.

Nos encontramos en nuestra cafetería habitual. Cassie me miró con curiosidad mientras nos sentábamos.

—Bueno, Fernando, ¿qué te tiene tan pensativo?

Le conté sobre la propuesta de Mara y mis dudas al respecto. Cassie escuchó atentamente, asintiendo de vez en cuando.

—Fernando, entiendo tus dudas, pero también veo una gran oportunidad aquí. Conozco a Mara y sé que no haría esta oferta a cualquiera. Si ella cree en ti, deberías considerar creer en ti mismo también.

—Sí, pero no tengo experiencia en negocios. ¿Y si fallo? ¿Y si afecto negativamente nuestra amistad?

—Es natural tener miedo al fracaso, pero piensa en lo que podrías ganar. No solo en términos de carrera, sino

en crecimiento personal. Además, las amistades verdaderas sobreviven a los desafíos. Creo que Mara te valora más allá del negocio y sabe que enfrentarán cualquier obstáculo juntos.

Las palabras de Cassie me dieron una nueva perspectiva. Esa noche, me encontré reflexionando sobre mis miedos y sobre la confianza que Mara y mis amigas tenían en mí. Decidí que necesitaba hablar con Mara de nuevo, con una mente más clara.

Al día siguiente, volví al estudio de Mara. Ella me recibió con su típica calidez.

—Hola, Fernando. ¿Cómo estás? ¿Has pensado en lo que hablamos?

—Sí, Mara. He estado pensando mucho. Y aunque tengo miedo, he decidido aceptar tu propuesta. Quiero formar parte de esto y aprender todo lo que pueda.

Mara me abrazó, sonriendo ampliamente.

—¡Eso es increíble, Fernando! Sé que juntos haremos cosas maravillosas. No te preocupes por la falta de experiencia; aprenderás rápidamente.

Los meses siguientes fueron un torbellino de aprendizaje y crecimiento. Mara me enseñó los entresijos del negocio de las joyas, desde la creación hasta la venta y el marketing. Mi respeto y admiración por ella crecieron aún más, viendo de cerca su dedicación y talento.

Una tarde, mientras trabajábamos en un nuevo diseño, Mara me miró y dijo:

—Fernando, quiero que sepas cuánto valoro tenerte como socio. Has aportado una perspectiva fresca y tus ideas han sido fundamentales para nuestra expansión.

Sonreí, sintiendo una calidez que no había sentido en mucho tiempo.

—Gracias, Mara. Esto ha sido un viaje increíble y me siento afortunado de estar aquí contigo. Tu confianza en mí ha sido un verdadero impulso.

El negocio de Mara siguió creciendo, y con cada nuevo logro, mi confianza también crecía. Aunque había días difíciles y desafíos inesperados, sabía que no estaba solo. Tenía a una amiga y socia en la que podía confiar plenamente.

Una noche, después de un exitoso evento de lanzamiento, nos sentamos en la terraza del estudio, disfrutando de una copa de vino.

—¿Te imaginas dónde estaremos en cinco años? —preguntó Mara, mirando las luces de la ciudad.

—La verdad, no lo sé. Pero estoy emocionado de averiguarlo, especialmente con un equipo tan increíble.

Mara levantó su copa.

—Por el futuro y todas las oportunidades que nos esperan.

Chocamos nuestras copas, y en ese momento, sentí una profunda gratitud por la oportunidad que me había brindado. Había encontrado no solo un propósito, sino también una renovada confianza en mí mismo.

Y así, con cada día que pasaba, seguíamos trabajando juntos, enfrentando desafíos y celebrando logros. La propuesta de Mara había cambiado mi vida, y estaba decidido a aprovechar al máximo esta nueva oportunidad, sabiendo que con amigos como ella, cualquier cosa era posible.

Capítulo 21: Mina Regresa Temporalmente

Después de un largo día en el estudio, llegué a casa cansado pero satisfecho. Mientras me quitaba los zapatos, mi teléfono vibró en el bolsillo. Era un mensaje de Mina.

Mina: ¡Hola, Fernando! Estoy de vuelta en la ciudad por un par de semanas. ¿Nos vemos?

Una sonrisa se formó en mi rostro. Mina siempre traía una energía revitalizadora con ella. Su entusiasmo por la vida y sus historias de viajes eran como una bocanada de aire fresco. Contesté rápidamente.

Yo: ¡Mina! Qué alegría saber de ti. Claro, ¿cuándo y dónde?

Mina: ¿Qué tal mañana en el café de siempre a las 5 PM?

Yo: Perfecto, ahí estaré.

A la mañana siguiente, me levanté con una sensación de anticipación. El día pasó volando, y pronto me

encontré caminando hacia nuestra cafetería habitual.
Al entrar, vi a Mina sentada en una mesa cerca de la
ventana, con su característico cabello despeinado y una
sonrisa radiante en el rostro.

—¡Fernando! —exclamó, levantándose para
abrazarme—. ¡Cuánto tiempo!

—¡Mina! Qué alegría verte. Te he extrañado. ¿Cómo ha
sido tu viaje?

—Oh, ha sido increíble. Pero primero, ¿qué tal si
pedimos algo? Estoy ansiosa por contarte todo.

Nos acercamos al mostrador y pedimos nuestros cafés
habituales. Mientras esperábamos, Mina no podía dejar
de sonreír y mirar a su alrededor con ojos llenos de
curiosidad.

Nos sentamos con nuestros cafés, y Mina comenzó a
relatar sus aventuras.

—Esta vez estuve en el sudeste asiático. ¡Fue increíble!
La cultura, la comida, la gente... todo fue una
experiencia tan enriquecedora. Pasé un tiempo en
Tailandia, Vietnam y Camboya. Y déjame decirte,
Fernando, cada lugar tiene algo único y maravilloso.

—¡Wow, suena increíble! ¿Tienes alguna historia favorita?

—Es difícil elegir una sola, pero creo que una de mis experiencias más memorables fue en Vietnam. Conocí a una familia local que me invitó a su hogar. Pasé una semana con ellos, ayudándolos en su granja y aprendiendo sobre su forma de vida. La hospitalidad y la calidez que mostraron fueron indescriptibles.

Mientras Mina hablaba, podía sentir su energía y pasión por sus aventuras. Era contagiosa. Me encontré riendo y sonriendo más de lo que había hecho en semanas.

—Mina, siempre he admirado tu valentía y tu espíritu aventurero. Escuchar tus historias me hace querer salir y explorar el mundo también.

—Y deberías, Fernando. El mundo está lleno de maravillas esperando a ser descubiertas. Pero también entiendo que cada uno tiene su propio camino. ¿Cómo has estado tú? ¿Qué ha pasado en tu vida desde la última vez que hablamos?

Le conté sobre mi asociación con Mara y cómo me había sumergido en el negocio de las joyas. Mina me escuchaba atentamente, asintiendo y sonriendo.

—Eso suena fantástico, Fernando. Sabía que encontrarías tu camino. ¿Y cómo te sientes al respecto?

—Honestamente, ha sido un viaje increíble. He aprendido mucho y he crecido de maneras que nunca imaginé. Pero también ha sido desafiante. Hay días en los que me siento abrumado y lleno de dudas.

Mina tomó mi mano y me miró a los ojos.

—Eso es normal, Fernando. Todos tenemos esos días. Pero lo importante es que sigas adelante. Tienes un talento increíble y una dedicación que admiro profundamente.

Pasamos las siguientes horas poniéndonos al día, compartiendo risas y recuerdos. Hablamos de nuestros amigos, de las aventuras pasadas y de los sueños futuros. Mina siempre tenía una manera de hacerme sentir más liviano, más esperanzado.

Cuando finalmente nos despedimos, me sentía revitalizado. La visita de Mina había sido como una recarga de energía, recordándome la importancia de seguir explorando y buscando lo que me hacía feliz.

Durante las semanas siguientes, Mina y yo pasamos mucho tiempo juntos. Ella me acompañó al estudio de Mara un par de veces, y fue un placer ver cómo su energía también inspiraba a Mara.

Un día, mientras estábamos trabajando en un nuevo diseño, Mina nos observaba con una sonrisa.

—Debo decir, Fernando, Mara, estoy impresionada con lo que han logrado aquí. La creatividad y el trabajo duro que ponen en cada pieza son evidentes.

Mara sonrió, claramente complacida.

—Gracias, Mina. Tener a Fernando aquí ha sido increíble. Su perspectiva fresca y su dedicación han sido invaluables.

Me sonrojé un poco ante el elogio, pero me sentí profundamente agradecido.

—Es un trabajo en equipo, y aprender de Mara ha sido una experiencia increíble.

Una noche, después de una larga jornada, Mina y yo salimos a caminar por la ciudad. Hablamos sobre la vida, los sueños y las luchas personales. Era

reconfortante tener a alguien con quien podía ser completamente honesto y vulnerable.

—Fernando, sé que a veces sientes que no estás haciendo lo suficiente o que no estás a la altura. Pero desde fuera, puedo ver cuánto has crecido y cuánto has logrado. Tienes un espíritu fuerte y un corazón valiente. No te subestimes.

Sus palabras resonaron profundamente en mí. Sabía que Mina entendía mis luchas y sus palabras me dieron una renovada sensación de esperanza y confianza.

El tiempo pasó rápidamente y, antes de que me diera cuenta, la visita de Mina estaba llegando a su fin. Nos reunimos con Emily y Cassie para una cena de despedida. Fue una noche llena de risas, recuerdos y promesas de mantenernos en contacto.

Mientras nos despedíamos, Mina me abrazó fuertemente.

—Voy a extrañarte, Fernando. Pero recuerda, siempre estoy a una llamada de distancia. Y no olvides seguir persiguiendo tus sueños.

—Gracias, Mina. Te voy a extrañar también. Cuídate y sigue explorando el mundo con esa maravillosa energía tuya.

Esa noche, mientras me acostaba, reflexioné sobre la visita de Mina y el impacto que había tenido en mí. Me sentía revitalizado y más decidido que nunca a seguir trabajando en mí mismo y en mis sueños.

Mina había traído una ola de frescura y renovación a mi vida, recordándome la importancia de la aventura, la amistad y la autoexploración. Sabía que, sin importar dónde nos llevaran nuestros caminos, siempre llevaría conmigo la inspiración y el amor que ella me había brindado.

Y así, con cada día que pasaba, seguía adelante, sabiendo que tenía el apoyo y la amistad de personas increíbles como Mina. La vida era un viaje lleno de desafíos y maravillas, y estaba listo para enfrentar cada uno de ellos con valentía y esperanza.

Capítulo 22: Emily y su Primer Gran Proyecto

El sol de la tarde iluminaba la sala de estar cuando mi teléfono vibró en el bolsillo. Era un mensaje de Emily.

Emily: ¡Fernando, tengo noticias increíbles! ¿Puedes venir a mi apartamento? Tengo que contarte algo en persona.

Mi curiosidad se despertó de inmediato. Emily siempre había sido reservada con sus logros hasta que estuvieran concretados, así que sabía que esto debía ser algo importante.

Yo: ¡Claro! Estaré allí en media hora.

Salí rápidamente, caminando con paso ligero hacia el apartamento de Emily. Al llegar, me recibió con una enorme sonrisa y un brillo de emoción en sus ojos. Nos abrazamos y pude sentir la energía vibrante que emanaba de ella.

—¡Fernando! No vas a creerlo. ¡He conseguido mi primer gran proyecto como diseñadora gráfica!

—¡Eso es increíble, Emily! Cuéntame más. ¿De qué se trata?

—Es para una empresa de tecnología emergente. Quieren que diseñe toda su identidad visual, desde el logo hasta su sitio web y material de marketing. Es un proyecto enorme y estoy tan emocionada.

Nos sentamos en el sofá, y Emily comenzó a desplegar bocetos y documentos que había estado trabajando. Me habló con entusiasmo sobre su visión, los colores que planeaba usar y cómo cada elemento encajaba en el conjunto.

—Esto es realmente impresionante, Emily. Siempre supe que tenías un talento increíble, pero esto... esto es otro nivel.

Emily sonrió, un poco sonrojada por el cumplido.

—Gracias, Fernando. Sabes cuánto significa para mí tu apoyo. Este proyecto es una oportunidad de oro y quiero hacerlo perfecto.

Pasamos horas revisando sus ideas y hablando sobre las expectativas del cliente. Mientras la escuchaba, no pude evitar reflexionar sobre mis propias aspiraciones.

Ver a Emily alcanzar un logro tan significativo me hizo pensar en mis propios sueños y metas.

Después de un rato, Emily se levantó y fue a la cocina.

—¡Voy a preparar algo para celebrar! No puedo dejar que te vayas sin brindar por esto.

Me reí, sintiendo una profunda alegría por ella.

—¡Claro! ¿Qué tienes en mente?

—Tengo una botella de vino que he estado guardando para una ocasión especial. Y creo que esta es la ocasión perfecta.

Mientras Emily abría la botella y servía el vino, me sentí abrumado por una ola de gratitud. Tener amigos como ella, que me inspiraban y apoyaban, era un verdadero regalo.

Alzamos nuestras copas, y Emily miró hacia mí con una sonrisa radiante.

—Por los sueños que se hacen realidad y por los amigos que nos apoyan en el camino.

—Por Emily, y su increíble talento y determinación. Y por muchas más victorias que vendrán.

Chocamos nuestras copas y bebimos, disfrutando del momento. La conversación fluyó fácilmente, llena de risas y anécdotas. A medida que avanzaba la noche, nuestras charlas se volvieron más profundas y reflexivas.

—Fernando, ¿qué hay de ti? Sé que has estado trabajando duro con Mara, pero ¿hay algún sueño o proyecto personal que quieras perseguir?

La pregunta me tomó por sorpresa, pero la aprecié. Emily siempre había tenido una forma de hacerme pensar más allá de la superficie.

—He estado pensando mucho en eso últimamente. Trabajar con Mara ha sido increíble, pero siento que hay algo más que quiero explorar. Me encanta la creatividad y el diseño, pero a veces me pregunto si hay una forma en que pueda combinar eso con mi pasión por la escritura.

—Eso suena fascinante. ¿Qué tipo de proyectos te gustaría hacer?

—Tal vez algo relacionado con la creación de contenido, como un blog o un sitio web que combine diseño y escritura. Algo que me permita expresar mis ideas y conectar con otros.

Emily asintió, sus ojos brillando con comprensión.

—Eso tiene mucho sentido, Fernando. Siempre has sido un gran narrador. Creo que podrías crear algo realmente especial. ¿Has pensado en empezar?

—Lo he considerado, pero siempre hay algo que me detiene. El miedo al fracaso, supongo.

Emily tomó mi mano y me miró a los ojos.

—Todos tenemos miedo al fracaso. Pero no puedes dejar que eso te detenga. Mira lo que estoy haciendo ahora. Si no me hubiera atrevido a aceptar este proyecto, nunca habría sabido de lo que soy capaz. Y lo mismo va para ti. Tienes un talento increíble y una visión única. No dejes que el miedo te impida explorar tus sueños.

Sus palabras resonaron profundamente en mí. Sabía que tenía razón, y su éxito reciente solo reforzaba la idea de que valía la pena arriesgarse.

La noche continuó con risas, brindis y sueños compartidos. Cuando finalmente me despedí de Emily, me sentía renovado y lleno de esperanza. Su logro no solo era una celebración de su talento, sino también un recordatorio de que perseguir nuestros sueños valía cada esfuerzo.

Caminando de regreso a casa, reflexioné sobre la conversación con Emily. La veía como una inspiración, un ejemplo de cómo la dedicación y el coraje podían llevarnos a lugares inimaginables. Decidí que, al igual que ella, me arriesgaría y comenzaría a trabajar en mis propios proyectos creativos.

Al día siguiente, me desperté con una energía renovada. Me dirigí al estudio de Mara y, después de saludarla, me senté frente a mi computadora. Mientras trabajaba, no pude evitar pensar en las palabras de Emily. Su valentía y determinación me habían dejado una profunda impresión.

Durante el almuerzo, compartí mis pensamientos con Mara.

—Mara, he estado pensando en algo. Aunque amo trabajar aquí contigo, siento que también quiero explorar mi pasión por la escritura y el diseño. Me

gustaría empezar un blog o un sitio web donde pueda combinar ambos.

Mara sonrió, asintiendo con entusiasmo.

—Eso suena maravilloso, Fernando. Siempre he creído que tienes un talento increíble para la narración. Si esto es algo que te apasiona, deberías seguirlo. Y no te preocupes por el estudio; siempre tendrás un lugar aquí.

Sentí un gran alivio y gratitud por su apoyo.

—Gracias, Mara. Significa mucho para mí saber que cuento con tu apoyo.

Esa tarde, después de terminar el trabajo en el estudio, me dirigí a una cafetería cercana. Me senté con mi laptop y comencé a escribir. Las ideas fluían con facilidad, y sentí una chispa de emoción que no había sentido en mucho tiempo.

Los días siguientes se llenaron de trabajo en el estudio y momentos dedicados a mi nuevo proyecto personal. Cada vez que me sentía abrumado o dudoso, recordaba las palabras de Emily y la confianza que Mara tenía en mí. Poco a poco, el miedo al fracaso comenzó a

desvanecerse, reemplazado por una sensación de propósito y determinación.

Una noche, mientras revisaba algunos bocetos y notas para mi sitio web, recibí un mensaje de Emily.

Emily: ¿Cómo va todo, Fernando? Espero que estés trabajando en tu proyecto. Recuerda que estoy aquí para cualquier cosa que necesites.

Sonreí, sintiendo una calidez en mi corazón. Contesté rápidamente.

Yo: Va bien, gracias a ti. Estoy realmente emocionado por esto. Y claro, te pediré consejo si lo necesito.

Emily: ¡Genial! Estoy orgullosa de ti. Sigue adelante, Fernando. El mundo necesita tu voz y tus ideas.

Esa noche, me acosté con una sensación de gratitud y esperanza. Sabía que el camino por delante no sería fácil, pero estaba decidido a seguirlo. Con amigos como Emily, Mara, Mina y Cassie a mi lado, me sentía más fuerte y capaz de enfrentar cualquier desafío.

Y así, con cada día que pasaba, continué trabajando en mis sueños, inspirado por los logros de mis amigas y el apoyo inquebrantable que me brindaban. El futuro

estaba lleno de posibilidades, y estaba listo para abrazarlas con todo mi corazón.

Capítulo 23: Cassie y sus Sueños

El sonido de mi teléfono vibrando sobre la mesa me sacó de mi concentración. Era un mensaje de Cassie.

Cassie: ¡Fernando! Necesito verte. Tengo algo muy emocionante que contarte. ¿Estás libre esta tarde?

Sabía que si Cassie decía que era emocionante, debía ser algo grande. Ella siempre había sido una fuente de motivación y energía para mí, y su entusiasmo era contagioso.

Yo: ¡Claro, Cassie! ¿Dónde nos encontramos?

Cassie: En el parque de siempre, a las 4 PM. Nos vemos allí.

Al llegar al parque, vi a Cassie sentada en nuestro banco habitual, con una gran sonrisa en su rostro y una carpeta llena de papeles a su lado. Me acerqué y nos abrazamos.

—¡Fernando! Gracias por venir. Estoy tan emocionada por contarte mis planes.

—¡Cassie! Siempre es un placer verte. ¿Qué es eso tan emocionante?

Nos sentamos y Cassie abrió la carpeta, mostrando una serie de bocetos y diagramas.

—Quiero iniciar mi propia línea de ropa, Fernando. He estado trabajando en estos diseños y planeando todo durante meses. Quiero crear una marca que no solo sea elegante, sino que también sea sostenible y accesible.

Mis ojos se iluminaron al ver la pasión en su rostro y la dedicación en sus bocetos. Cassie siempre había tenido un gusto increíble para la moda, y esto era un paso natural para ella.

—¡Eso es increíble, Cassie! Sabía que tenías algo grande entre manos, pero esto supera mis expectativas. Cuéntame más, ¿cómo planeas hacerlo?

Cassie sonrió y comenzó a explicarme su visión.

—He estado investigando sobre materiales sostenibles y proveedores éticos. Quiero que cada pieza de ropa tenga un impacto positivo, tanto en el medio ambiente como en las personas que la fabrican. También he estado ahorrando y buscando inversores que compartan mi visión.

Su determinación y visión eran impresionantes. La escuché atentamente mientras describía su plan de negocios, sus ideas para la marca y cómo planeaba comercializarla.

—Cassie, esto es realmente inspirador. Has pensado en todo. ¿Cómo puedo ayudarte en esto?

—Bueno, sé que estás ocupado con tus propios proyectos, pero me encantaría tener tu opinión y apoyo en el diseño y la estrategia de marketing. Confío en tu gusto y tu creatividad.

—Claro que sí, Cassie. Me encantaría ayudarte en todo lo que pueda. Esto es algo grande y estoy seguro de que tendrás éxito.

Pasamos las siguientes horas revisando sus diseños y discutiendo diferentes estrategias. La pasión y el entusiasmo de Cassie eran palpables, y no podía evitar sentirme inspirado por su determinación.

En un momento, Cassie se detuvo y me miró a los ojos.

—Fernando, sabes que esto es un gran riesgo, ¿verdad? Estoy dispuesta a apostar todo por este sueño, pero a veces me siento asustada. ¿Y si no funciona?

Tomé su mano y le di un apretón reconfortante.

—Cassie, cualquier sueño grande implica riesgos. Pero tienes talento, visión y, lo más importante, una pasión increíble. Incluso si encuentras obstáculos, sé que puedes superarlos. Y estaré aquí para apoyarte en cada paso del camino.

Cassie sonrió, sus ojos brillando con gratitud.

—Gracias, Fernando. Significa mucho para mí saber que te tengo a mi lado.

Durante las siguientes semanas, Cassie y yo trabajamos estrechamente en su proyecto. Nos reuníamos regularmente para revisar sus diseños, planificar estrategias de marketing y buscar potenciales inversores. Era un trabajo arduo, pero la emoción y la dedicación de Cassie eran contagiosas.

Un día, mientras estábamos en su pequeño estudio, Cassie me mostró un prototipo de una de sus piezas de ropa.

—¿Qué te parece este vestido, Fernando? Es uno de mis favoritos.

Observé el vestido con detenimiento. Era elegante y moderno, pero también tenía un toque único que solo Cassie podía darle.

—Es hermoso, Cassie. Tiene tu estilo inconfundible. Estoy seguro de que a la gente le encantará.

Cassie sonrió, visiblemente aliviada.

—Gracias, Fernando. Tu opinión significa mucho para mí.

El tiempo pasó rápidamente y, antes de darnos cuenta, Cassie estaba lista para lanzar su primera colección. Organizamos un evento de presentación en una pequeña galería de arte, invitando a amigos, familiares y algunos potenciales inversores.

La noche del evento, la galería estaba llena de gente. Cassie estaba nerviosa pero emocionada, y yo me sentía increíblemente orgulloso de ella.

—Fernando, no puedo creer que esto esté sucediendo. Todo parece un sueño.

—Y es un sueño que tú hiciste realidad, Cassie. Disfruta de este momento. Te lo mereces.

Cuando llegó el momento de presentar su colección, Cassie se puso de pie frente a la multitud y comenzó a hablar con confianza y pasión. Mostró sus diseños, explicó su visión y compartió su compromiso con la sostenibilidad y la ética.

La respuesta fue abrumadoramente positiva. La gente quedó impresionada con sus diseños y su dedicación. Varios inversores se acercaron para hablar con ella y expresar su interés en apoyar su proyecto.

Al final de la noche, Cassie y yo estábamos en el balcón de la galería, mirando las luces de la ciudad y reflexionando sobre el éxito del evento.

—Fernando, no sé cómo agradecerte por todo tu apoyo. No podría haber hecho esto sin ti.

—Cassie, tú hiciste todo el trabajo duro. Yo solo estuve aquí para apoyarte y ofrecerte mi opinión. Este éxito es todo tuyo.

Cassie me abrazó fuertemente, y pude sentir la gratitud y la emoción en su abrazo.

—Prométeme que siempre seguiremos apoyándonos mutuamente, sin importar lo que pase.

—Lo prometo, Cassie. Siempre estaré aquí para ti, y sé que tú estarás para mí.

Esa noche, mientras caminaba de regreso a casa, reflexioné sobre la increíble determinación y visión de Cassie. Su éxito me inspiró a seguir persiguiendo mis propios sueños con la misma pasión y coraje.

Sabía que, sin importar los desafíos que enfrentáramos, siempre tendríamos el apoyo y la amistad del otro. Y con amigos como Cassie, Mara, Mina y Emily, sentía que podía enfrentar cualquier cosa que la vida me lanzara.

Al día siguiente, recibí un mensaje de Cassie.

Cassie: ¡Fernando! Los inversores están interesados en trabajar conmigo. Esto es solo el comienzo. Gracias por creer en mí.

Sonreí al leer el mensaje, sintiéndome increíblemente feliz por ella.

Yo: Sabía que lo lograrías, Cassie. Esto es solo el comienzo de algo grande. ¡Vamos por más!

Y así, con cada día que pasaba, continué trabajando en mis propios proyectos, inspirado por los logros y la

determinación de mis amigas. La vida estaba llena de posibilidades, y estaba listo para abrazarlas con todo mi corazón, sabiendo que tenía el apoyo incondicional de personas increíbles como Cassie.

Capítulo 24: La Oscuridad Interior

El sonido del reloj marcando la medianoche resonaba en mi habitación en completa soledad. Me encontraba sentado en el borde de la cama, mirando fijamente al suelo, sintiendo cómo la oscuridad interior crecía en mi pecho. Era una sensación que había tratado de ignorar, pero últimamente se volvía más difícil de manejar.

El teléfono a mi lado vibró con un mensaje. Era de Cassie.

Cassie: ¿Cómo estás, Fer? No te he visto en unos días. ¿Estás bien?

Miré la pantalla, sintiendo una mezcla de gratitud y culpa. Mis amigas siempre habían estado allí para mí, pero no quería cargarles con mi dolor. Sin embargo, ignorar el mensaje no era una opción.

Yo: Hola, Cassie. Estoy... sobreviviendo. Gracias por preguntar. ¿Qué tal tú?

Cassie: Estoy bien, pero preocupada por ti. ¿Quieres hablar? Puedo ir a tu casa ahora mismo.

El mero pensamiento de tener a Cassie aquí, con su energía y calidez, me proporcionó un pequeño consuelo. Sin embargo, la idea de compartir lo que realmente sentía me aterrorizaba.

Yo: Está bien, Cassie. Estoy bien. No hace falta que vengas. Solo necesito descansar un poco.

Dejé el teléfono a un lado, sintiendo cómo la soledad se cerraba a mi alrededor. Decidí intentar dormir, pero el sueño no llegaba. Mis pensamientos oscuros se arremolinaban en mi mente, impidiéndome encontrar paz.

A la mañana siguiente, me desperté sintiéndome igual de agotado. El teléfono volvió a vibrar, esta vez con mensajes de Mara y Mina. Ambas estaban preocupadas por mí, preguntándome si todo estaba bien. Sus mensajes me recordaron que no estaba solo, pero al mismo tiempo, me hicieron sentir aún más culpable por no poder compartir lo que estaba pasando.

Decidí salir a caminar para despejar mi mente. El aire fresco y el sonido de la ciudad despertándose a mi alrededor ofrecían un ligero alivio. Pero a cada paso, la sensación de desesperación me seguía como una sombra inquebrantable.

Me encontré en nuestro parque habitual, el lugar donde tantas veces habíamos compartido risas y sueños. Me senté en el banco y dejé que los recuerdos me invadieran, tratando de encontrar algún consuelo en ellos. Pero incluso los momentos más felices se veían empañados por la nube oscura que nublaba mi mente.

Unos minutos después, oí una voz familiar detrás de mí.

—Fernando, sabía que te encontraría aquí.

Era Emily, con su mirada compasiva y su sonrisa tranquila. Se sentó a mi lado y me ofreció un café.

—Gracias, Emily. —dije, tomando el vaso con manos temblorosas.

—He estado preocupada por ti, Fer. No has respondido a mis mensajes y todos estamos inquietos. ¿Qué está pasando?

Sentí un nudo en la garganta, queriendo hablar pero temiendo las palabras.

—No quiero ser una carga para ustedes, Emily. Todos tienen sus propios problemas y no quiero añadirles los míos.

Emily me tomó de la mano, su mirada firme y llena de comprensión.

—No eres una carga, Fernando. Somos amigos, y eso significa que estamos aquí para apoyarnos mutuamente. No tienes que enfrentar esto solo.

Su sinceridad rompió algo dentro de mí, y las lágrimas comenzaron a rodar por mis mejillas. Emily me abrazó, dejándome llorar sin decir una palabra. Sentí cómo el peso de la desesperación comenzaba a aligerarse, aunque fuera solo un poco.

Después de un rato, Emily me miró con ternura.

—¿Te gustaría venir a mi apartamento? Podemos hablar más cómodamente allí, y tal vez pueda ayudarte a encontrar algo de claridad.

Asentí, sintiendo una mezcla de alivio y agotamiento. Caminamos juntos hasta su lugar, y me recibió con un ambiente cálido y acogedor. Nos sentamos en el sofá, y Emily me ofreció un té caliente.

—Fernando, lo que estás pasando es muy difícil, y es importante que te permitas sentir lo que necesitas sentir. Pero también es crucial que busques ayuda. No estás solo en esto.

Tomé un sorbo de té, sintiendo cómo el calor comenzaba a calmarme.

—Emily, a veces me siento tan perdido. Es como si estuviera atrapado en una espiral de oscuridad y no pudiera ver una salida. Ustedes son mi ancla, pero a veces siento que ni siquiera eso es suficiente.

Emily asintió, escuchándome atentamente.

—Es normal sentirse así, Fer. Pero no tienes que enfrentarlo solo. Hay profesionales que pueden ayudarte a encontrar herramientas para manejar estos sentimientos. Y nosotros, tus amigos, siempre estaremos aquí para apoyarte.

La idea de buscar ayuda profesional me asustaba, pero también sabía que no podía seguir así. Miré a Emily y vi en sus ojos la misma determinación que había visto cuando hablaba de sus proyectos.

—Tienes razón, Emily. Necesito ayuda. No puedo seguir cargando esto solo.

Emily sonrió, con lágrimas de alivio en sus ojos.

—Eso es un gran paso, Fernando. Estoy muy orgullosa de ti. Y sé que Mara, Mina y Cassie también estarán aquí para apoyarte.

Durante las siguientes semanas, comencé a asistir a sesiones de terapia. No fue fácil al principio, pero poco a poco, comencé a entender y manejar mis pensamientos oscuros. Mis amigas se mantuvieron cerca, ofreciéndome su apoyo incondicional.

Un día, mientras caminaba por el parque después de una sesión, recibí un mensaje de Cassie.

Cassie: ¿Cómo te sientes hoy, Fer? Estoy pensando en ti.

Yo: Hola, Cassie. Me siento un poco mejor. Gracias por estar siempre ahí para mí.

Cassie: Siempre estaré aquí, Fernando. Nunca lo dudes.

Me senté en nuestro banco habitual y miré alrededor, sintiendo cómo la vida continuaba a mi alrededor. A pesar de la oscuridad que había sentido, había una

chispa de esperanza que comenzaba a brillar nuevamente en mi interior.

Esa noche, reuní a mis amigas en mi apartamento. Sentados alrededor de la mesa, compartimos una cena sencilla pero llena de risas y cariño.

—Quiero agradecerles a todas por estar aquí para mí. —dije, con la voz llena de emoción. —Ha sido un tiempo difícil, pero su apoyo ha significado el mundo para mí.

Mara me sonrió, con sus ojos brillando de afecto.

—Siempre estaremos aquí para ti, Fer. No tienes que enfrentarlo solo.

Mina asintió, levantando su copa.

—Por nuestra amistad y por enfrentar juntos cualquier oscuridad.

Chocamos nuestras copas y bebimos, celebrando no solo nuestra amistad, sino también la esperanza y la fuerza que encontrábamos en nosotros mismos y en los demás.

Con cada día que pasaba, la oscuridad interior se volvía más manejable. A través de la terapia y el apoyo

inquebrantable de mis amigas, comencé a encontrar mi camino de regreso a la luz. Aunque sabía que aún habría desafíos por delante, también sabía que no estaba solo.

Y con esa certeza, encontré la fuerza para seguir adelante, un día a la vez.

Capítulo 25: El Cuaderno Completo

El cuaderno, con su cubierta de cuero desgastado, descansaba en mis manos temblorosas. Había pasado semanas escribiendo en él, llenándolo con recuerdos, momentos y pensamientos. Cada página era un fragmento de mi vida, una pieza del rompecabezas de mi existencia, que había decidido compilar para mis amigas. Era mi legado, mi manera de mostrarles cuánto significaban para mí y cómo me habían ayudado a seguir adelante.

Hoy, con la luz del sol filtrándose por la ventana, estaba listo para escribir la última página. Me senté en mi escritorio, respiré hondo y abrí el cuaderno en la última hoja en blanco. Sentí una mezcla de tristeza y alivio. Este cuaderno era más que un simple diario; era un testimonio de las conexiones profundas que me mantenían arraigado a la vida.

La pluma en mi mano se movió suavemente sobre el papel, las palabras fluyendo con una claridad inesperada. Escribí sobre mi lucha, sobre la oscuridad que había enfrentado y sobre cómo, gracias a mis amigas, había encontrado la fuerza para continuar.

"Queridas Mara, Mina, Emily y Cassie," comencé,
sintiendo cómo mi corazón se abría con cada palabra.
"Este cuaderno es mi regalo para ustedes, una
colección de recuerdos y momentos que hemos
compartido. A lo largo de estos años, cada una de
ustedes ha iluminado mi vida de maneras que no puedo
describir con justicia."

Recuerdos específicos vinieron a mi mente, y me
detuve en uno particularmente especial. Era el día en
que Mara y yo habíamos descubierto nuestro interés
compartido por la literatura.

—¿Recuerdas aquella tarde en la biblioteca? —escribí,
sonriendo al recordar su expresión emocionada
mientras hojeábamos libros juntos.

"Pasamos horas allí, hablando de nuestros autores
favoritos y recomendándonos libros. Esa pasión
compartida nos unió de una manera que nunca
olvidaré."

Luego, pensé en Mina y nuestras aventuras durante el
último año de secundaria.

—¿Cuántas veces saltamos la clase para explorar nuevos lugares? —susurré al aire, casi esperando una respuesta de ella.

"Recuerdo cuando decidimos tomar un tren sin rumbo fijo, solo para ver a dónde nos llevaba. Terminamos en un pequeño pueblo, explorando cada rincón, llenos de risa y alegría. Esos momentos me enseñaron a vivir el presente, a apreciar la libertad y la espontaneidad."

Emily también ocupaba un lugar especial en mi corazón. Nuestras conversaciones sobre arte y creatividad siempre me inspiraron.

"Emily, tu pasión por el diseño gráfico me mostró la belleza en lo cotidiano. Recuerdo aquella noche que pasamos despiertos, discutiendo tus proyectos y sueños. Tu dedicación y talento siempre me han inspirado a seguir mis propios sueños, sin importar cuán inalcanzables parezcan."

Finalmente, Cassie, mi confidente y apoyo constante.

—Cassie, ¿cómo agradecerte por todo? —murmuré, sintiendo un nudo en la garganta.

"Tu fuerza y lealtad han sido un pilar para mí. Recuerdo nuestras largas charlas nocturnas, donde me

permitiste desahogar mis miedos y preocupaciones. Siempre estuviste ahí, brindándome consuelo y apoyo incondicional. Eres más que una amiga; eres una hermana del alma."

Mientras escribía, sentí una paz que no había experimentado en mucho tiempo. Era como si, al plasmar estos recuerdos en el papel, liberara una parte de mí que había estado atrapada. Cerré el cuaderno con cuidado, sabiendo que había puesto mi corazón y alma en cada página.

El sonido de la puerta abriéndose me sacó de mis pensamientos. Me giré y vi a Cassie entrando en mi habitación, con una sonrisa cálida en su rostro.

—Fernando, ¿puedo pasar?

—Claro, Cassie. Siempre eres bienvenida.

Se acercó y notó el cuaderno cerrado sobre mi escritorio.

—¿Es ese el famoso cuaderno del que has estado hablando?

Asentí, sintiendo una mezcla de orgullo y vulnerabilidad.

—Sí, lo he terminado hoy. Es un regalo para ustedes, para ti, Mara, Mina y Emily. Quería que supieran cuánto significan para mí.

Cassie tomó el cuaderno con cuidado, como si fuera un tesoro frágil.

—Fernando, esto es increíble. Gracias por compartir esto con nosotras. ¿Te gustaría leer algo en voz alta?

La idea de leer mis palabras me hizo sentir expuesto, pero también sentí que era el momento adecuado para compartir.

—Claro, Cassie. Será un honor.

Abrí el cuaderno en una de las primeras páginas y comencé a leer en voz alta. Cassie me escuchaba atentamente, sus ojos brillando con cada palabra.

Después de un rato, me detuve y la miré.

—Cassie, este cuaderno no solo es un testimonio de nuestros momentos juntos, sino también un recordatorio de que no estoy solo. Gracias por ser una parte tan importante de mi vida.

Cassie me abrazó, sus ojos llenos de lágrimas.

—Fernando, tú también eres una parte esencial de nuestras vidas. Este cuaderno es un regalo precioso, y lo valoraremos siempre.

Más tarde esa noche, me reuní con Mara, Mina y Emily en el parque. Les entregué el cuaderno, y juntos, leímos algunas de las historias que había escrito. Rieron, lloraron y recordaron con cariño los momentos que habíamos compartido.

Mara me miró con una sonrisa afectuosa.

—Fernando, esto es hermoso. Gracias por hacer esto. Nos has dado un regalo invaluable.

Mina asintió, sus ojos llenos de gratitud.

—Sí, Fernando. Este cuaderno nos muestra cuánto significamos para ti y cuánto has significado tú para nosotros.

Emily, siempre la más sensible, se secó una lágrima.

—Te queremos, Fer. Y siempre estaremos aquí para ti, sin importar lo que pase.

Esa noche, al volver a casa, sentí una claridad y una paz que no había experimentado en mucho tiempo. Sabía que, sin importar los desafíos que enfrentara, siempre tendría el apoyo de mis amigas. El cuaderno, con todas sus páginas llenas de recuerdos y amor, era un testimonio de nuestra amistad y de la fortaleza que encontraba en ella.

Me recosté en la cama, cerrando los ojos con una sensación de plenitud. Había terminado el cuaderno, pero sabía que nuestra historia continuaría. Y con esa certeza, encontré el valor para enfrentar cada nuevo día con esperanza y gratitud.

La oscuridad interior que había sentido se disipaba lentamente, reemplazada por la luz de la amistad y el amor que había plasmado en esas páginas. Y con cada latido de mi corazón, sentí que, finalmente, estaba encontrando mi camino de regreso a la paz y la felicidad. O eso creí.

Capítulo 26: La Decisión Final

La luz de la mañana se filtraba por las cortinas de mi habitación, creando patrones dorados en las paredes. Me levanté lentamente, sabiendo que este sería mi último día. Había tomado la decisión después de semanas de agonía, de intentar mantenerme a flote cuando cada día parecía un esfuerzo interminable.

El cuaderno estaba completo, lleno de recuerdos, de amor y de todo lo que había querido decirles a mis amigas. Sabía que, aunque dejaría un vacío, ellas encontrarían consuelo en mis palabras. Era mi último acto de amor hacia ellas.

Me dirigí al parque una última vez. El aire fresco y el canto de los pájaros me trajeron un momento de paz efímera. Me senté en nuestro banco habitual y observé a la gente pasar, viviendo sus vidas. Saqué el cuaderno de mi mochila y lo sostuve entre mis manos, sintiendo el peso de cada página escrita.

Mi teléfono vibró con un mensaje de Mara.

Mara: Buenos días, Fer. ¿Te gustaría almorzar conmigo hoy? Hace tiempo que no hablamos.

Miré el mensaje, sintiendo un nudo en la garganta. Quería verla, pero sabía que no podría soportar decir adiós en persona.

Yo: Hola, Mara. Hoy no puedo, pero gracias por la invitación. Hablamos pronto.

Guardé el teléfono y me quedé sentado un rato más, absorbiendo cada detalle del parque. Este lugar había sido testigo de tantos momentos felices, y quería llevarme esos recuerdos conmigo.

De vuelta en casa, preparé todo con calma. Escribí una carta para cada una de mis amigas, dejándolas sobre la mesa del comedor junto con el cuaderno. Quería que supieran cuánto significaban para mí, y que esta decisión no era culpa suya. Era una batalla interna que había decidido finalizar.

Tomé las pastillas y las dispuse en la mesa de la cocina. Con cada una que tomaba, sentía una mezcla de alivio y tristeza. Me comenzó a doler el estómago, sintiendo cómo el letargo empezaba a invadirme. Cerré los ojos, dejando que los recuerdos de momentos felices con mis amigas me llevaran.

El sol estaba alto cuando Cassie llegó a mi apartamento. Habíamos planeado vernos, pero yo no

había respondido a sus mensajes durante la mañana ya que no tenia clases. Lo único que recuerdo de ese momento fue cuando llegaron mis padres y hermanos.

—¡Fernando! —gritó mamá, corriendo hacia mí

Al verme allí, inmóvil, su mundo se desmoronó. Las lágrimas comenzaron a caer mientras llamaba a una ambulancia, aunque en el fondo sabía que era demasiado tarde. Tomó mi mano, llorando y suplicando.

—Fernando, por favor, no nos dejes. Te necesitamos.

Poco después, llegaron Mara, Mina, Emily y Cassie. La noticia se había propagado rápidamente, y la desesperación se reflejaba en sus rostros al entrar al apartamento. Se abrazaron, buscando consuelo en la cercanía de las demás.

Mara tomó el cuaderno, sus manos temblando mientras lo abría.

—Esto es lo que nos dejó, —dijo con voz entrecortada.

Leyeron las primeras páginas juntas, sus lágrimas cayendo sobre las palabras que había escrito. Cada

recuerdo, cada momento compartido, se sentía ahora como un regalo precioso y doloroso.

Emily, con el rostro bañado en lágrimas, levantó la vista hacia las demás.

—Fernando nos amaba tanto, y nunca lo supimos realmente. ¿Cómo no pudimos ver cuánto estaba sufriendo?

Mina abrazó a Emily, sus propias lágrimas cayendo libremente.

—Hizo todo lo posible para ocultarlo, para no preocuparnos. Pero eso no significa que fallamos. Lo amamos, y él lo sabía.

Cassie, quien no había soltado mi mano desde que llegó, finalmente dejó escapar un sollozo profundo.

—No podemos cambiar lo que pasó, pero podemos honrar su memoria. Este cuaderno es su legado, y siempre lo llevaremos en nuestros corazones.

Pasaron las horas, y finalmente se encontraron sentadas juntas en el sofá, sosteniendo el cuaderno como si fuera un ancla. Se sentían perdidas, pero sabían que de alguna manera, debían seguir adelante.

Había dolor, sí, pero también había un amor profundo que las unía.

Mara miró a sus amigas con determinación.

—Tenemos que recordar lo que Fernando significó para nosotros y cómo nos hizo sentir. Su amor, su apoyo, todo lo que hizo por nosotras. Y tenemos que seguir viviendo, por él.

Emily asintió, secándose las lágrimas.

—Nunca lo olvidaremos. Cada uno de estos recuerdos será una fuente de fuerza. Y debemos asegurarnos de que otros que estén sufriendo sepan que no están solos.

Con el tiempo, cada una encontró su manera de lidiar con la pérdida. El cuaderno se convirtió en un símbolo de la amistad y el amor que Fernando había dejado atrás. Y aunque la herida nunca sanaría por completo, aprendieron a vivir con ella, honrando su memoria en todo lo que hacían.

Cassie, especialmente, sintió una responsabilidad profunda de mantener vivo el espíritu de Fernando. Organizó reuniones periódicas donde compartían sus progresos y recordaban los momentos felices. Se

apoyaban mutuamente, enfrentando los desafíos de la vida con la fortaleza que él les había enseñado.

La vida continuaba, implacable pero llena de posibilidades. Y en cada nuevo día, en cada logro y en cada desafío, sentían la presencia de Fernando, guiándolas desde la memoria de un cuaderno lleno de amor.

Y así, aunque la oscuridad había reclamado a Fernando, su luz continuaba brillando a través de las vidas que había tocado. Sus amigas, unidas por su legado, encontraron en su memoria la fuerza para seguir adelante, con la certeza de que el amor y la amistad eran los lazos más fuertes de todos.

Capítulo 27: La Tragedia

Desde aquí, en esta dimensión etérea, observo el mundo que dejé atrás. La decisión de terminar con mi vida no fue fácil, y ahora, mientras veo las consecuencias de mi partida, siento una mezcla de tristeza y alivio. No puedo cambiar lo que hice, pero puedo ver cómo mis amigas y mi familia enfrentan el vacío que dejé.

—¿Cómo no nos dimos cuenta? —sollozó Mina, su voz quebrada por la culpa.

Cassie, con el rostro empapado de lágrimas, trató de ser la voz de la razón.

—Fernando era muy bueno ocultando su dolor. Pero no es nuestra culpa. Hicimos lo mejor que pudimos. Lo amamos, y eso es lo que importa.

Sus palabras resonaron en mí. Sabía que tenía razón, pero también sabía que el dolor que sentían no se aliviaría tan fácilmente.

Las horas pasaron como una niebla pesada, y mis amigas se quedaron en mi apartamento, tratando de

procesar la pérdida. Emily tomó el cuaderno y comenzó a leer en voz alta. Cada palabra que había escrito era ahora una especie de consuelo, aunque también un recordatorio de lo que habían perdido.

"A mis queridas amigas," leyó Emily, con la voz temblorosa, "este cuaderno es mi legado para ustedes. Es un reflejo de
 todos los momentos que compartimos y de cuánto significan para mí."
Mi madre llegó poco después, su rostro reflejando un dolor profundo e insondable. La abracé en espíritu, aunque sabía que no podía sentirme. La vi sentarse con mis amigas, compartiendo historias y tratando de encontrar algún sentido en todo esto.

—Fernando era un alma tan sensible. Siempre tan preocupado por los demás. Nunca imaginé que haría algo así, —dijo, su voz rota por el llanto.

Sus palabras eran una daga en mi corazón, pero también un recordatorio de cuánto amor había en mi vida, incluso en mis momentos más oscuros.

La noticia de mi muerte se esparció rápidamente, y al día siguiente, familiares y amigos se reunieron en nuestra casa. Vi sus rostros abatidos, sus intentos de consolarse mutuamente. Mi madre llevó a mis amigas a

una habitación aparte y les mostró una caja con mis
objetos personales. Entre ellos, un viejo álbum de fotos.

—Quiero que lo tengan, —dijo con voz temblorosa—. Él
siempre hablaba de ustedes, de lo importantes que eran
en su vida. Este álbum contiene muchos momentos
felices.

Al abrir el álbum, vi cómo mis amigas se perdían en los
recuerdos. Las fotos de nuestra infancia, las fiestas de
cumpleaños, los días en el parque, todo parecía cobrar
vida en sus mentes. Sentí una mezcla de tristeza y
gratitud al ver cómo valoraban esos momentos.

Esa noche, nos reunimos en el parque, en nuestro lugar
habitual. El banco donde tantas veces habíamos
compartido risas y lágrimas ahora era un santuario.
Cassie encendió una vela y colocó el cuaderno al lado.

—Fernando, —dijo con voz firme—, siempre estarás en
nuestros corazones. Te prometemos seguir adelante,
recordando tu risa y tu amor.

Nos tomamos de las manos, formando un círculo
alrededor del banco. El viento soplaba suavemente, y
por un momento, sentí como si estuviera allí con ellas,
sonriendo. Aunque no podía tocarlas ni hablar con

ellas, sabía que mi espíritu siempre estaría presente en sus vidas.

La vida siguió, implacable pero llena de posibilidades. Mis amigas se esforzaron por mantener mi memoria viva, recordando mis palabras y mis gestos de cariño. Cada año, en el aniversario de mi partida, se reunían en el parque, compartiendo historias y renovando su promesa de vivir con el amor y la fuerza que yo les había enseñado.

Mina, Emily, Cassie y Mara se apoyaron mutuamente en los días más oscuros, recordando que siempre estarían juntas, como yo había deseado.

La vida nunca volvió a ser la misma sin mí, pero mis amigas encontraron maneras de honrar mi memoria. Cassie organizó reuniones periódicas donde compartían sus progresos y recordaban los momentos felices. Mina continuó sus aventuras, llevando conmigo en su corazón a cada nuevo destino. Emily se sumergió en su creatividad, creando obras de arte que reflejaban nuestra amistad. Mara, con su negocio de joyas, hizo piezas inspiradas en nuestros recuerdos compartidos.

Desde este lugar más allá, veo cómo viven sus vidas, encontrando fuerza en los momentos difíciles y celebrando las victorias con el mismo amor y alegría

que compartimos. Me siento orgulloso de ellas,
sabiendo que aunque ya no estoy físicamente presente,
mi espíritu sigue guiándolas.

Y así, aunque la oscuridad había reclamado mi vida, mi
luz continúa brillando a través de las vidas que toqué.
Mis amigas, unidas por mi legado, encuentran en mi
memoria la fuerza para seguir adelante, con la certeza
de que el amor y la amistad son los lazos más fuertes de
todos.

En cada risa, en cada lágrima, y en cada recuerdo, ellas
me llevan consigo, manteniéndome vivo en sus
corazones.

Capítulo 28: El Impacto de Mara

Desde el más allá, observo a Mara mientras lidia con mi muerte. Sé que le he dejado una pesada carga, pero también confío en su fortaleza para sobrellevarla. Mara siempre ha sido una persona resiliente, pero ahora veo cómo la tristeza la envuelve, como una tormenta que no cesa. En su taller de joyería, el lugar que solía ser su santuario creativo, ahora parece un campo de batalla emocional.

Mara se sienta frente a su mesa de trabajo, rodeada de herramientas y piedras preciosas. La veo tomar mi cuaderno, abriéndolo con cuidado. Sus manos tiemblan ligeramente, y sé que cada página que pasa le trae tanto consuelo como dolor. En una de las páginas, encuentra una anotación que hice sobre ella:

"Mara, tu creatividad y tu fuerza son inspiradoras. Siempre he admirado cómo encuentras belleza incluso en los momentos más oscuros. Confío en que seguirás brillando, incluso cuando yo ya no esté."

Las lágrimas caen sobre la página, y la escucho susurrar:

—Fernando, no sé cómo seguir sin ti.

El timbre de la puerta suena, y veo cómo se seca las lágrimas rápidamente antes de abrir. Es Cassie, con un rostro que refleja la misma tristeza que siente Mara. Las dos se abrazan en silencio, encontrando consuelo en la compañía mutua.

—¿Cómo estás? —pregunta Cassie, aunque ambas saben la respuesta.

—He tenido días mejores, —responde Mara, su voz quebrada pero tratando de sonar fuerte.

Cassie observa el cuaderno en la mesa.

—¿Te ayuda leerlo?

Mara asiente lentamente.

—Es como tener una parte de él todavía aquí conmigo. Pero también es doloroso, porque me recuerda que se ha ido.

Cassie toma asiento y juntas revisan algunas de las páginas. Ríen entre lágrimas al recordar anécdotas divertidas, momentos de pura alegría. El cuaderno es un puente entre el pasado y el presente, una forma de mantener viva mi memoria.

—Fernando siempre supo cómo hacernos reír, —dice Cassie, con una sonrisa melancólica.

—Sí, y cómo apoyarnos en nuestros peores días, — añade Mara.

Más tarde, después de que Cassie se marcha, Mara se sumerge en su trabajo. Las manos que antes temblaban ahora se mueven con propósito. Selecciona cuidadosamente algunas piedras, recordando cómo le contaba a Fernando sobre cada una de ellas, sobre sus significados y propiedades.

"Fernando, siempre decías que las piedras tenían un poder especial. Que cada una contaba una historia," piensa mientras trabaja.

La veo diseñar una nueva pieza, una pulsera con amatistas y cuarzo rosa. Sé que cada elección tiene un significado: la amatista para la paz y el cuarzo rosa para el amor. Es su forma de canalizar su dolor en algo hermoso, algo que me honre.

En su mente, escucho sus pensamientos:

"Voy a llamarla 'Recuerdo', en honor a ti, Fernando. Porque siempre estarás conmigo, de alguna forma."

Días después, Mara presenta su nueva colección. La pulsera 'Recuerdo' es el centro de atención, y cada cliente que pregunta sobre ella recibe la misma historia: es un homenaje a un amigo querido que ya no está.

Una tarde, mientras trabaja en el taller, Mina y Emily llegan para ver cómo está. El trío de amigas se sienta alrededor de la mesa de trabajo, compartiendo historias y risas.

—Es increíble lo que has hecho aquí, Mara, —dice Mina, mirando la pulsera—. Fernando estaría tan orgulloso.

Mara sonríe, pero sus ojos aún reflejan una tristeza profunda.

—Gracias, chicas. Es mi manera de mantenerlo cerca.

Emily, que siempre ha sido más reservada, finalmente rompe su silencio.

—Sé que nunca podremos llenar el vacío que dejó Fernando, pero al menos podemos seguir adelante juntos, apoyándonos como él lo hubiera querido.

Las tres asienten, sintiendo el peso de la pérdida pero también la fuerza de su amistad. Desde mi lugar, me siento conmovido por su unión y su decisión de seguir adelante.

Una noche, Mara se sienta sola en su taller, el cuaderno abierto frente a ella. Su dedo traza las palabras que escribí, como si buscara sentir mi presencia a través de ellas.

"Mara, tu fuerza y creatividad siempre han sido una inspiración para mí. Nunca dejes de buscar la belleza en el mundo, incluso en los momentos más oscuros."

Ella suspira profundamente, dejando que las lágrimas fluyan libremente. Su voz es apenas un susurro cuando dice:

—Te prometo que seguiré adelante, Fernando. Haré que te sientas orgulloso de mí.

Los días pasan y Mara encuentra una rutina que le permite sanar poco a poco. Trabajar en su taller, rodeada de las piedras y herramientas que tanto amaba, le da una sensación de propósito. Su negocio empieza a crecer, y cada vez que alguien compra una pieza de su nueva colección, siente que está

compartiendo un pedazo de nuestra historia con el mundo.

Una tarde, mientras está organizando su taller, encuentra una nota que no recordaba haber visto antes. Está escrita con mi letra, y en ella dice:

"Mara, cuando sientas que no puedes más, recuerda que siempre estaré contigo, en cada piedra que toques, en cada creación que hagas. Eres fuerte, más de lo que crees. Nunca te rindas."

Ella se sienta, sosteniendo la nota cerca de su corazón, y sonríe a través de las lágrimas. Sabe que, de alguna manera, siempre estaré con ella, en cada creación y en cada recuerdo.

En cada joya que diseña, en cada sonrisa que logra arrancar a sus clientes, Mara siente mi presencia. Es su manera de honrar mi memoria, de mantenerme vivo en su corazón y en su trabajo. Y aunque el dolor de mi ausencia nunca desaparecerá por completo, ella ha encontrado una forma de seguir adelante, de transformar su tristeza en belleza.

Desde este lugar, veo cómo Mara florece, cómo encuentra fuerza en su dolor y cómo continúa adelante. Su lucha por aceptar mi muerte es una inspiración para

todos los que la conocen. Y aunque ya no estoy
físicamente a su lado, sé que siempre estaré con ella, en
cada piedra preciosa, en cada creación, y en cada
recuerdo compartido.

Capítulo 29: Mina Continúa

Desde el más allá, veo a Mina cuando recibe la devastadora noticia de mi muerte. Está en una playa en Tailandia, un lugar que siempre habíamos soñado visitar juntos. La veo disfrutar del atardecer, su rostro iluminado por los últimos rayos de sol, cuando su teléfono vibra. El mensaje de Cassie lo cambia todo.

La brisa cálida del mar se convierte en una presencia fría cuando lee las palabras que nunca esperaba: "Fernando se ha ido". Su expresión se torna sombría y una mezcla de incredulidad y dolor se apodera de ella. Aunque estoy lejos, siento su tristeza tan intensamente como si aún estuviera a su lado.

Mina se queda inmóvil por un momento, como si el tiempo se hubiera detenido. Finalmente, sus lágrimas empiezan a caer, silenciosas al principio, luego en un torrente imparable. Cada lágrima es una gota de dolor que atraviesa la distancia entre nosotros.

—Fernando... —susurra, su voz quebrada por la emoción—. ¿Por qué? ¿Cómo pudiste dejarnos así?

Ella siempre ha sido fuerte, una aventurera valiente que enfrenta el mundo con una sonrisa, pero ahora la

veo vulnerable, perdida en su dolor. La decisión de
regresar a casa es inmediata. Veo su determinación
mientras reserva el vuelo de regreso, el rostro aún
húmedo por las lágrimas.

El viaje de regreso es largo y solitario. Mina pasa la
mayor parte del tiempo mirando por la ventana, sus
pensamientos una mezcla de recuerdos y dolor.
Recuerda nuestras conversaciones, nuestras risas y
todos esos momentos que compartimos. Cada recuerdo
es un consuelo y una herida al mismo tiempo.

Al llegar a casa, la realidad de mi ausencia se hace aún
más palpable. Mina se encuentra con Cassie, Mara y
Emily. Las cuatro se abrazan, buscando consuelo en la
presencia mutua. Aunque no puedo estar físicamente
con ellas, siento la fuerza de su vínculo, más fuerte
ahora por la tragedia compartida.

Una noche, después del funeral, Mina se sienta sola en
su habitación, sosteniendo una de mis cartas. La abre
con manos temblorosas y empieza a leer:

"Querida Mina, tu espíritu aventurero siempre ha sido
una inspiración para mí. Sigue explorando, sigue
viviendo. Nunca dejes que nada te detenga. Estoy
orgulloso de ti."

Ella llora en silencio, sus lágrimas mojando el papel. Sus pensamientos son una mezcla de dolor y determinación. Sé que quiere honrar mi memoria, pero también sé lo difícil que será para ella seguir adelante sin mí.

Esa noche, decide escribir en su diario. Es su forma de procesar el dolor, de encontrar sentido en medio del caos. Escribe sobre nuestros momentos juntos, sobre las risas y las aventuras. Pero también escribe sobre su promesa de seguir viviendo, de honrar mi memoria a través de sus acciones.

—Fernando —escribe—, te prometo que seguiré adelante. Viviré cada día al máximo, como siempre me animaste a hacerlo. No dejaré que tu memoria se desvanezca. Te llevaré conmigo a cada lugar que visite, en cada aventura que emprenda.

Desde este lugar, veo cómo Mina lucha por mantenerse fiel a esa promesa. Comienza a planificar su próxima aventura, un viaje a Sudamérica que habíamos discutido muchas veces. La veo investigar sobre los lugares que queríamos visitar: Machu Picchu, la Patagonia, las selvas amazónicas. Su dolor no desaparece, pero encuentra consuelo en la planificación, en el sueño de lo que vendrá.

Antes de partir, se reúne con Cassie, Mara y Emily. Se abrazan, compartiendo una última noche juntas antes de que Mina se vaya.

—Sé que esto es lo que Fernando querría —dice Cassie, su voz firme aunque sus ojos están llenos de lágrimas—. Quiere que sigas viviendo, que sigas explorando.

Mara asiente, tomando la mano de Mina.

—Él siempre estaba tan orgulloso de ti, de tu valentía. Hazlo por él, pero también hazlo por ti.

Emily, siempre la más reservada, habla con suavidad.

—Nunca podremos olvidar, pero podemos seguir adelante, llevando su memoria con nosotras.

Mina asiente, sintiendo la verdad en sus palabras. Sabe que este viaje no es solo para honrarme, sino también para sanar, para encontrar un camino a través de su dolor. Al día siguiente, toma el vuelo hacia Sudamérica con una mezcla de tristeza y esperanza.

Mientras viaja por los paisajes impresionantes, siente mi presencia a su lado. En cada montaña, en cada río, en cada atardecer, estoy con ella. Sus días están llenos

de descubrimientos y aventuras, y cada uno de ellos es un tributo a la vida que compartimos.

En Machu Picchu, se sienta en silencio, mirando la maravilla antigua y sintiendo una profunda conexión conmigo. Saca su diario y escribe:

—Fernando, estoy aquí. Te siento conmigo en cada paso. Gracias por darme la fuerza para seguir adelante.

Su viaje no solo le ofrece nuevos paisajes y experiencias, sino también un nuevo sentido de propósito. En la Patagonia, escala montañas y cruza glaciares, sintiendo la adrenalina y la libertad que tanto amaba. Cada paso es una victoria sobre la oscuridad que amenazaba con consumirla.

Una tarde, mientras está en la selva amazónica, recibe una llamada de Cassie.

—Hola, Mina. ¿Cómo estás? —pregunta Cassie, su voz preocupada pero cálida.

—Estoy bien, Cassie. Ha sido un viaje increíble. Siento a Fernando conmigo todo el tiempo.

—Me alegra escuchar eso. Aquí también estamos tratando de seguir adelante. Mara ha creado una nueva colección de joyas en su honor. Se llama "Recuerdo".

Mina sonríe, sintiendo un calor en su corazón.

—Eso suena perfecto. Sabes, he estado pensando mucho en lo que Fernando me dijo en sus cartas. Me siento más decidida que nunca a vivir mi vida al máximo, a explorar cada rincón del mundo.

—Fernando estaría tan orgulloso de ti, Mina. Todos lo estamos. Sigue viviendo y explorando, por él y por ti.

Después de la llamada, Mina se siente renovada, con una claridad que no había sentido en mucho tiempo. Continúa su viaje, explorando con una nueva perspectiva, apreciando cada momento y cada lugar.

Una noche, en un pequeño pueblo de la Amazonía, Mina se encuentra con un grupo de viajeros. Se sientan alrededor de una fogata, compartiendo historias y risas. Mina se une a la conversación, y pronto la pregunta inevitable surge.

—¿Qué te trae por aquí, Mina? —pregunta uno de los viajeros.

Ella sonríe, mirando las llamas de la fogata.

—Estoy aquí para honrar la memoria de un amigo muy querido. Me enseñó a vivir cada día al máximo, a no dejar que el miedo me detenga. Estoy aquí para vivir, para explorar y para recordar.

Los viajeros asienten, sintiendo la profundidad de sus palabras. Mina se siente rodeada de una comunidad, incluso en los rincones más lejanos del mundo. En cada persona que conoce, en cada historia que escucha, encuentra un reflejo de la vida y del amor que compartimos.

Mientras continúo observándola desde el más allá, me siento en paz sabiendo que Mina sigue adelante, viviendo y explorando con una pasión renovada. Sé que lleva mi memoria con ella, no como una carga, sino como una fuente de fuerza y motivación. Su viaje es un testimonio del amor y la amistad que compartimos, y sé que siempre estará dispuesta a enfrentar cualquier desafío con valentía y determinación.

Mina continúa, y en cada paso que da, siento que mi espíritu la acompaña, recordándole que siempre estará rodeada de amor y recuerdos.

Capítulo 30: Emily se Convierte en una Exitosa Diseñadora Gráfica

Desde este lugar etéreo, observo con orgullo cómo Emily está logrando sus sueños. Siempre supe que tenía un talento innato para el diseño gráfico, y ahora, ver su éxito me llena de una paz profunda. A través de los recuerdos que compartimos, Emily encuentra consuelo y motivación para seguir adelante.

La primera vez que supe de su gran logro fue una tarde lluviosa. Emily estaba en su estudio, rodeada de bocetos y pantallas, cuando recibió una llamada.

—¡Emily, te han seleccionado! —exclamó su jefe al otro lado de la línea—. Vas a liderar el nuevo proyecto para la campaña global de una de las marcas más grandes.

Emily quedó en silencio por un momento, procesando la noticia. Luego, una sonrisa lenta pero segura se dibujó en su rostro.

—Gracias... Gracias por la oportunidad —respondió, su voz apenas conteniendo la emoción.

Colgó el teléfono y se dejó caer en su silla, sus ojos brillando de alegría. Recuerdo haber estado allí en esos momentos, observando cómo sus sueños comenzaban a materializarse. Me sentí increíblemente orgulloso.

Esa noche, Emily decidió celebrar a su manera. Sacó una botella de vino que había guardado para una ocasión especial y la abrió con una sonrisa. Mientras servía una copa, sus pensamientos se volcaron hacia los recuerdos que compartimos.

—Fernando, esto es para ti —murmuró, levantando su copa hacia el cielo—. Siempre creíste en mí, incluso cuando yo no lo hacía.

Desde este lado, vi cómo Emily enfrentó cada desafío con una determinación inquebrantable. Su creatividad y dedicación la llevaron a nuevas alturas, y cada éxito era un tributo a nuestra amistad.

Una tarde, mientras trabajaba en su proyecto más importante, Emily encontró uno de los viejos cuadernos que solía llevar a todas partes. Era el cuaderno en el que solíamos garabatear ideas y sueños. Al abrirlo, encontró una página que habíamos llenado juntos.

"Diseño del futuro, sueños compartidos", decía la página, con dibujos y notas por todos lados.

Una risa suave escapó de sus labios mientras pasaba las páginas, recordando aquellos momentos de juventud, de esperanza y creatividad sin límites. El cuaderno se había convertido en un recordatorio tangible de nuestro vínculo, una prueba de cómo nuestras ideas y sueños estaban entrelazados.

Esa noche, Emily decidió llamar a Cassie.

—Cassie, encontré el viejo cuaderno de Fernando y mío —dijo, su voz llena de nostalgia—. ¿Recuerdas cuánto tiempo pasábamos planeando nuestros futuros?

—Claro que sí, Emily —respondió Cassie con una sonrisa en su voz—. A veces siento que esos recuerdos son lo que nos mantiene unidas.

Durante la conversación, Emily compartió algunos de los dibujos y notas del cuaderno. Cassie rió al recordar las aventuras y locuras que solíamos imaginar.

—Fernando estaría tan orgulloso de ti, Emily —dijo Cassie—. Siempre supo que llegarías lejos.

—Lo sé. A veces siento que está aquí conmigo, guiándome en cada paso —dijo Emily, sintiendo una calidez en su corazón.

A medida que pasaban los días, Emily se sumergía en su trabajo, encontrando inspiración en cada esquina. Cada vez que enfrentaba un obstáculo, recordaba nuestras conversaciones y cómo siempre la animaba a seguir adelante.

Un día, mientras trabajaba en un diseño crucial, recordó una de nuestras charlas más significativas.

—Fernando, no sé si soy lo suficientemente buena — había dicho en aquel entonces, con la voz temblorosa.

—Emily, eres increíble. Tienes un talento que pocos tienen. Solo necesitas creer en ti misma tanto como yo creo en ti —le respondí, mirándola directamente a los ojos.

Ese recuerdo fue suficiente para darle la confianza que necesitaba. Terminó su diseño con una sonrisa en los labios, sabiendo que había puesto todo su corazón en él.

El día de la presentación del proyecto llegó y Emily estaba visiblemente nerviosa. Sin embargo, se recordó

a sí misma nuestras palabras de aliento. Cuando subió al escenario para presentar su trabajo, me di cuenta de cuánto había crecido. Habló con pasión y seguridad, y su audiencia quedó cautivada por su visión y creatividad.

Después de la presentación, su jefe se le acercó con una amplia sonrisa.

—Emily, esto es extraordinario. Has superado todas las expectativas.

Emily sonrió, sintiendo una mezcla de alivio y orgullo.

—Gracias. No podría haberlo hecho sin el apoyo de mis amigos y los recuerdos que llevo conmigo.

Esa noche, Emily decidió visitar uno de nuestros lugares favoritos: el pequeño café donde solíamos pasar horas hablando de la vida. Se sentó en nuestra mesa habitual y pidió nuestro café favorito. Mientras esperaba, sacó el cuaderno y comenzó a escribir.

"Fernando, hoy logré algo grande. Sé que siempre estuviste conmigo, animándome. Este triunfo es para ti también."

Una sensación de paz la envolvió mientras escribía. Sabía que aunque yo ya no estaba físicamente presente, nuestra conexión seguía siendo fuerte y significativa. Recordar nuestros momentos juntos le daba la fuerza para enfrentar cualquier desafío.

Emily continuó avanzando en su carrera, ganando reconocimiento y respeto en la industria. Cada nuevo proyecto era una oportunidad para rendir homenaje a nuestra amistad y los sueños que habíamos compartido. Sus logros no solo eran un testimonio de su talento, sino también de la influencia positiva que nuestra relación había tenido en su vida.

Un día, mientras trabajaba en un proyecto particularmente desafiante, Emily recibió una visita inesperada en su estudio. Era Mara, quien había decidido pasar a saludar.

—Hola, Emily. ¿Cómo va todo? —preguntó Mara, sonriendo.

—¡Mara! —exclamó Emily, levantándose para abrazarla—. ¡Qué sorpresa tan agradable!

Se sentaron juntas y compartieron historias y risas. Mara le mostró algunas de las nuevas joyas de su

colección, y Emily le habló sobre el proyecto en el que
estaba trabajando.

—Fernando estaría tan orgulloso de ti —dijo Mara,
tomando la mano de Emily—. Siempre creyó en ti y en
tu talento.

Emily asintió, sintiendo una lágrima rodar por su
mejilla.

—Lo sé. A veces siento que todo lo que hago es para
honrar su memoria.

Desde este lugar etéreo, veo cómo Emily y Mara se
apoyan mutuamente, fortalecidas por los recuerdos
compartidos y el amor que perdura. Emily sigue
avanzando, creando y dejando su huella en el mundo
del diseño gráfico. Y en cada paso, siento que estoy a su
lado, alentándola y celebrando sus éxitos.

Emily continúa viviendo con los buenos recuerdos que
tuvimos juntos, encontrando inspiración y fuerza en
ellos. Su éxito es un testimonio de su talento, su
determinación y el amor y apoyo que siempre
compartimos. Mientras ella sigue adelante, sé que
nuestra amistad perdura, más fuerte que nunca, a
través del tiempo y la distancia.

Capítulo 31: Cassie y el Futuro

Desde este lugar etéreo, observo a Cassie, mi confidente, mi amiga inquebrantable. De todas mis amigas, ella fue la que más tiempo estuvo a mi lado, la que soportó mis altibajos y me escuchó sin juzgarme. Ahora, verla encontrar el cuaderno y convertirlo en un motivo para seguir adelante, me llena de una paz indescriptible.

El día que Cassie encontró el cuaderno fue uno de esos días grises y melancólicos. Estaba limpiando su apartamento, tratando de ocupar su mente y su tiempo. Al abrir una caja que había guardado desde la última mudanza, sus dedos tropezaron con el cuaderno. Lo sacó con cuidado, como si fuera un tesoro frágil, y al ver mi escritura en la portada, una oleada de recuerdos la invadió.

—Fernando... —susurró, con la voz quebrada.

Se sentó en el sofá, acariciando la portada del cuaderno antes de abrirlo. Las primeras páginas estaban llenas de nuestras aventuras, sueños y confesiones. Cada palabra parecía traerme de vuelta, como si estuviera sentado a su lado, sonriendo y compartiendo mis pensamientos.

"Querida Cassie," comencé en una de las páginas, "si estás leyendo esto, espero que encuentres en estas palabras la fuerza y el amor que siempre te he tenido."

Las lágrimas comenzaron a rodar por sus mejillas, pero una sonrisa se asomó en sus labios. Recordó nuestras charlas nocturnas, cuando el mundo parecía más oscuro y ella siempre encontraba la manera de iluminarlo.

Esa noche, decidió llamarme a través de las palabras escritas en el cuaderno.

—Fernando, siempre supe que eras especial, pero tener estas palabras contigo me da un motivo para seguir adelante —murmuró, como si yo pudiera escucharla.

Desde este lado, vi cómo Cassie comenzó a transformar su vida. Su sueño de convertirse en empresaria de ropa estaba a punto de hacerse realidad. Ella siempre había tenido un sentido innato del estilo y una visión clara de lo que quería lograr, pero le faltaba la chispa final para dar el salto.

Una tarde, mientras diseñaba algunos bocetos en su pequeña oficina, recordó una conversación que habíamos tenido años atrás.

—Fernando, ¿crees que pueda hacer esto algún día? —me había preguntado, mostrando sus diseños con cierta inseguridad.

—Cassie, tienes un talento increíble. Solo necesitas creer en ti tanto como yo creo en ti —le había respondido, mirándola con firmeza.

Ese recuerdo fue suficiente para que tomara la decisión. Comenzó a trabajar con más dedicación que nunca, combinando su pasión por la moda con el amor y el recuerdo de nuestra amistad. Cada prenda que diseñaba llevaba una parte de nuestra historia, una promesa de vivir la vida al máximo.

Una noche, mientras revisaba sus diseños finales para su primera colección, Cassie decidió hablar con Mara y Emily.

—Chicas, he decidido lanzar mi propia línea de ropa. Sé que es un gran paso, pero siento que Fernando estaría orgulloso de mí —les dijo con emoción.

—¡Cassie, eso es increíble! —exclamó Mara—. Sabes que siempre te apoyaremos.

—Fernando siempre creyó en ti, y nosotras también lo hacemos —añadió Emily, sonriendo a través de la pantalla del celular.

El día del lanzamiento de su primera colección llegó y Cassie estaba visiblemente nerviosa. Sin embargo, sintió una presencia reconfortante a su lado, una sensación de que no estaba sola. Mientras caminaba hacia la pasarela, recordó nuestras charlas y mi apoyo incondicional.

La presentación fue un éxito rotundo. Los asistentes quedaron maravillados por sus diseños y su visión única. Después del evento, su jefe se le acercó con una amplia sonrisa.

—Cassie, esto es extraordinario. Has superado todas las expectativas.

Cassie sonrió, sintiendo una mezcla de alivio y orgullo.

—Gracias. No podría haberlo hecho sin el apoyo de mis amigos y los recuerdos que llevo conmigo.

Esa noche, Cassie decidió visitar uno de nuestros lugares favoritos: el parque donde solíamos caminar y hablar sobre la vida. Se sentó en el banco donde habíamos compartido tantas risas y lágrimas, y sacó el

cuaderno. Mientras lo hojeaba, comenzó a escribir una nueva entrada.

"Fernando, hoy logré algo grande. Sé que siempre estuviste conmigo, animándome. Este triunfo es para ti también."

Una sensación de paz la envolvió mientras escribía. Sabía que aunque yo ya no estaba físicamente presente, nuestra conexión seguía siendo fuerte y significativa. Recordar nuestros momentos juntos le daba la fuerza para enfrentar cualquier desafío.

Cassie continuó avanzando en su carrera, ganando reconocimiento y respeto en la industria de la moda. Cada nueva colección era una oportunidad para rendir homenaje a nuestra amistad y los sueños que habíamos compartido. Sus logros no solo eran un testimonio de su talento, sino también de la influencia positiva que nuestra relación había tenido en su vida.

Un día, mientras trabajaba en un proyecto particularmente desafiante, Cassie recibió una visita inesperada en su estudio. Era Mina, quien había decidido pasar a saludar.

—Hola, Cassie. ¿Cómo va todo? —preguntó Mina, sonriendo.

—¡Mina! —exclamó Cassie, levantándose para abrazarla—. ¡Qué sorpresa tan agradable!

Se sentaron juntas y compartieron historias y risas. Mina le mostró algunas de las fotos de sus viajes recientes, y Cassie le habló sobre el proyecto en el que estaba trabajando.

—Fernando estaría tan orgulloso de ti, Cassie —dijo Mina, tomando la mano de Cassie—. Siempre creyó en ti y en tu talento.

Cassie asintió, sintiendo una lágrima rodar por su mejilla.

—Lo sé. A veces siento que todo lo que hago es para honrar su memoria.

Desde este lugar etéreo, veo cómo Cassie y Mina se apoyan mutuamente, fortalecidas por los recuerdos compartidos y el amor que perdura. Cassie sigue avanzando, creando y dejando su huella en el mundo de la moda. Y en cada paso, siento que estoy a su lado, alentándola y celebrando sus éxitos.

Cassie continúa viviendo con los buenos recuerdos que tuvimos juntos, encontrando inspiración y fuerza en

ellos. Su éxito es un testimonio de su talento, su determinación y el amor y apoyo que siempre compartimos. Mientras ella sigue adelante, sé que nuestra amistad perdura, más fuerte que nunca, a través del tiempo y la distancia.

Epílogo: El Legado de Fernando

Desde el más allá, observo a mis queridas amigas mientras continúan con sus vidas. Aunque mi tiempo en la tierra fue breve, sé que el impacto que dejé en ellas perdurará por siempre. Sus risas, sus lágrimas, sus triunfos y fracasos; todo lo que compartimos sigue vivo en sus corazones.

Mara está trabajando en su taller, rodeada de joyas y herramientas. Cada pieza que crea refleja un pedazo de su alma, y puedo ver cómo mi recuerdo la inspira.

—Fernando siempre decía que el arte es una extensión de nuestro ser —le comenta a una nueva asistente mientras trabaja en un collar delicado—. Así que cada vez que diseño algo, pienso en él y en cómo veía el mundo.

La joven asistente, admirada, asiente con la cabeza.

—Es hermoso, Mara. Se nota que pones mucho amor en tu trabajo.

Mina, por su parte, continúa sus aventuras alrededor del mundo. En cada lugar que visita, lleva consigo un

trozo de nuestra amistad, compartiendo nuestras
historias con quienes encuentra en su camino.

—Fernando y yo solíamos hablar de viajar por el
mundo juntos —le dice a un grupo de viajeros en un
hostal en Tailandia—. Aunque él ya no está, siento que
una parte de él me acompaña en cada viaje que hago.

Uno de los viajeros, un joven de cabello rizado, le
pregunta:

—¿Y cómo lo recuerdas? ¿Qué es lo que más te marcó
de él?

Mina sonríe, mirando al cielo.

—Su capacidad para ver belleza en todo. Siempre
encontraba algo bueno, incluso en los momentos más
oscuros.

Emily, ahora una exitosa diseñadora gráfica, está en su
estudio trabajando en un proyecto importante. Su
escritorio está lleno de bocetos y papeles, pero en un
rincón especial tiene una foto nuestra.

—Fernando siempre decía que debía seguir mis sueños,
sin importar lo difícil que pareciera —dice Emily a su
equipo de trabajo—. Este proyecto es para él, para

honrar su memoria y todo lo que me enseñó sobre creer en mí misma.

Uno de sus compañeros, intrigado, le pregunta:

—¿Cómo era él? ¿Qué te inspiró de él?

Emily, con una sonrisa nostálgica, responde:

—Era la persona más apasionada y alentadora que he conocido. Siempre sabía cómo sacar lo mejor de los demás.

Cassie, mi inquebrantable amiga y confidente, está en su tienda de ropa. Cada prenda que vende lleva una etiqueta especial, con una pequeña nota que dice "Inspirado por Fernando". Ella ha convertido nuestro cuaderno en un libro, compartiendo nuestra historia con el mundo.

—Este proyecto es muy personal para mí —le explica a un cliente curioso—. Fernando fue mi mejor amigo y su recuerdo me impulsa a seguir adelante cada día.

El cliente, tocado por sus palabras, le responde:

—Es una hermosa manera de honrar su memoria. Estoy seguro de que estaría muy orgulloso de ti.

Cassie asiente, sintiendo una cálida sensación en su pecho.

—Gracias. Siento que su espíritu siempre está conmigo.

Desde este lugar etéreo, veo cómo mis amigas siguen adelante, llevando mi legado con ellas. En sus risas, en sus logros, en los momentos de duda y en los de éxito, siento que estoy presente. Sus vidas, aunque marcadas por mi partida, están llenas de propósito y significado.

Una noche, mientras Cassie revisa el libro que hizo a partir de nuestro cuaderno, decide organizar una reunión con Mara, Mina y Emily. Quieren recordar juntos, compartir sus experiencias y celebrar la vida que compartimos.

En un acogedor café, se encuentran las cuatro. Las risas y las lágrimas se mezclan mientras recuerdan los momentos que vivimos juntos.

—Recuerdo cuando Fernando y yo fuimos a esa feria y terminamos comprando un montón de cosas que no necesitábamos —dice Mara, riendo.

—¡Oh, sí! —exclama Mina—. ¿Y recuerdan cuando nos perdimos en el bosque? ¡Fernando fue el único que mantuvo la calma!

Emily añade, con una sonrisa:

—Siempre tenía una manera de hacernos sentir que todo estaría bien, sin importar lo que pasara.

Cassie, con una lágrima en el ojo, les muestra el libro.

—Esto es para nosotras, para que nunca olvidemos lo que significó para nosotros.

En ese momento, desde mi lugar en el más allá, siento una conexión profunda con ellas. Sé que el amor y la amistad que compartimos continúan siendo una fuente de fortaleza y alegría en sus vidas.

—Gracias, chicas —susurro, aunque sé que no pueden oírme—. Gracias por mantener vivo mi recuerdo y por seguir adelante con tanto valor.

Mientras el tiempo avanza, mis amigas siguen creciendo y alcanzando nuevas metas. Mara expande su negocio de joyas, Mina publica un libro sobre sus viajes, Emily se convierte en una figura destacada en el diseño gráfico, y Cassie abre más tiendas,

compartiendo nuestra historia con cada cliente que cruza su puerta.

Un día, mientras Cassie camina por el parque donde solíamos pasear, siente una brisa suave y cálida.

—Fernando, sé que estás aquí conmigo —dice en voz baja, con una sonrisa.

Aunque no puede verme, estoy ahí, a su lado, orgulloso de la vida que ha construido y del legado que todas ellas llevan con tanto amor y dedicación.

Un impacto duradero en las vidas de mis amigas, un testimonio de la importancia del amor, la amistad y el coraje para seguir adelante, incluso en los momentos más difíciles. Y aunque mi tiempo en la tierra fue breve, el amor que compartimos perdura, siempre presente en sus corazones y en sus acciones.

Milton Keynes UK
Ingram Content Group UK Ltd.
UKHW021931080824
446615UK00014B/539